红狮军团

秦天

来自中国，退役于雪豹突击队，后加入红狮军团。由于个人成长经历的原因，他性格孤僻、沉稳，看重朋友之间的友情。

亨特

来自美国，退役于绿色贝雷帽特种部队。他玩世不恭，喜欢开一些无聊的玩笑，个人英雄主义色彩鲜明。

布莱恩

来自英国，退役于英国皇家空军特勤队。他具有绅士风度，擅长空降突袭战术，但有些优柔寡断，也常因此丧失战机。

红狮军团

亚历山大

来自俄罗斯，退役于阿尔法特种部队。他身材魁梧，脾气火暴，眼里揉不得沙子，因此常和队友发生冲突。

朱莉

来自法国的女生，曾服役于法国宪兵队。她高傲强势，令众多男性望而生畏。

劳拉

来自德国的女生，出身贵族，为了理想从小进行各种艰苦的训练。她善解人意，散发着人性的光辉。

索菲亚

来自瑞士的女生。她拥有天使的脸庞，双眸澄澈，腰肢婀娜，身手敏捷，常常出其不意地对敌人发起攻击。

蓝狼军团

泰勒

来自英国，退役于特别空勤团。他冷酷、凶狠，具备超凡的作战能力，为了金钱加入蓝狼军团。

布鲁克

来自英国，退役于红魔鬼伞兵团。他相貌俊朗，行动敏捷，枪法过人，但生性狂妄，目中无人。

巴图

狡猾奸诈，唯利是图，没有服役经历。他曾从事在刀尖行走的职业，后加入蓝狼军团。

蓝狼军团

艾丽丝

来自美国,因一次意外被迫从海军陆战队退役,后来加入蓝狼军团。她为金钱而战。

美佳

一个有着许多秘密的人,曾服役于哪支部队无人知晓。她曾经接受过严格的训练,战斗技能出众,尤其擅长忍术。

凯瑟琳

一名优雅的冷血杀手,曾是神秘女子部队的一员。被她锁定的目标,就像接受了死亡女神的审判,几乎无人能生还。

稀土保卫战

八路 著

化学工业出版社

·北京·

图书在版编目(CIP)数据

战狼少年.2,稀土保卫战/八路著.—北京:化学工业出版社,2019.4(2024.11重印)
ISBN 978-7-122-33622-4

Ⅰ.①战… Ⅱ.①八… Ⅲ.①儿童小说-长篇小说-中国-当代 Ⅳ.①I287.45

中国版本图书馆CIP数据核字(2019)第003315号

ZHANLANG SHAONIAN 2 XITU BAOWEI ZHAN
战狼少年2 稀土保卫战

责任编辑:隋权玲 马鹏伟　　文字编辑:李　曦
责任校对:宋　玮　　　　　　美术编辑:尹琳琳

出版发行:化学工业出版社(北京市东城区青年湖南街13号　邮政编码100011)
印　　装:大厂回族自治县聚鑫印刷有限责任公司
880mm×1230mm　1/32　印张6$\frac{3}{4}$　彩插2
2024年11月北京第1版第7次印刷

购书咨询:010-64518888　　售后服务:010-64518899
网　　址:http://www.cip.com.cn
凡购买本书,如有缺损质量问题,本社销售中心负责调换。

定　价:25.00元　　　　　　　　　　　版权所有　违者必究

目录

- 第一章 黑暗之城 1
- 第二章 偷袭行动 8
- 第三章 树林中的战斗 16
- 第四章 惊人的发现 25
- 第五章 营救三位少年
- 第六章 豹子的情报 44
- 第十四章 金蝉脱壳 110
- 第十五章 最新任务 118
- 第十六章 空中袭击 127
- 第十七章 死亡之路 134
- 第十八章 险些丧命 143
- 第十九章 到达目的地 151
- 第二十六章 险中取胜 205

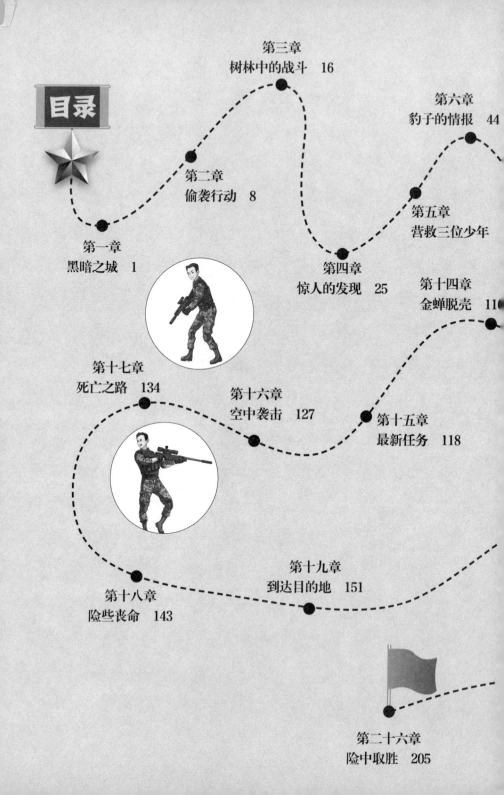

第九章
秘密的交易 69

第十章
神勇少年 76

第八章
背后的阴谋 60

第十一章
复仇行动 85

第七章
恐怖袭击 52

第十二章
人去屋空 94

第二十一章
营救矿工 168

第十三章
医院避险 101

第二十章
暗中行动 160

第二十二章
飞往莱特湾 175

第二十三章
海上激战 182

第二十四章
与时间赛跑 191

第二十五章
迟到一步 199

第一章

黑暗之城

漆黑的夜幕下，在两万米的高空，一架隐形轰炸机正悄无声息地向城市上空飞来。这架轰炸机有着独特的气动外形，采用了翼身融合的设计理念，从正面看上去就像一只展翅飞翔的蝙蝠。

隐形轰炸机距离城市上空越来越近，而城市的防空雷达却丝毫没有察觉。飞行员泰勒向下看去，夜幕中的城市霓虹闪烁，繁华如昼。他冷冷地一笑，自言自语："用不了多久，这座城市就会变成黑暗之城。"

泰勒退役于特别空勤团，如今却是蓝狼军团的骨干力量。他驾驶轰炸机已经到达城市上空，在飞机的预警雷达屏幕上没有任何威胁信号。泰勒甚是兴奋，真没想到这架轰炸机进入敌人领空如入无人之境。

这架轰炸机之所以具有如此超凡的本领，是因为它

身形扁平，W形的外形使雷达很难发现。不仅如此，它的表面还涂有吸收雷达波的材料，当雷达波发射到它的表面时，不会反射回去，而是被神奇地吸收了。

轰炸机已经飞临预定目标上空，泰勒按下发射按钮，轰炸机的弹舱门开启，一枚枚炸弹从天而降。这些炸弹很奇怪，它们在空中爆炸，"肚子"里炸出一个个像易拉罐一样的东西。这些"易拉罐"都带有一个小降落伞，在空中飘荡着垂直降落。突然，这些"易拉罐"轰的一声爆炸，从里面炸出来的不是弹片，而是一团团线。这些线在空中展开，互相交织，形成了一张大网，铺天盖地朝地面降落下来。

原来，泰勒投下的这种炸弹叫作石墨炸弹，是选用经过特殊处理的纯碳纤维丝制成，每根纤维丝的直径相当小，仅有几千分之一厘米。纯碳纤维具有极好的导电性能，只要它落在裸露的高压电力线或变电站所的变压器等电力设施上，就会使之发生短路从而烧毁，造成大面积停电。

　　泰勒驾驶轰炸机投掷石墨炸弹的目的就是要摧毁这座城市的电力输配系统，并使其瘫痪。在投完这些炸弹之后，他驾驶飞机在空中画了一条弧线，掉转机头全速返航了。

　　夏雪正在教室里上晚自习，教室里的灯突然全部熄灭了。屋里立刻变得漆黑一片，有几个同学顿时大声呼喊起来："哦！哦！哦！停电了，不用上晚自习了。"对于被迫苦读的高中学生来说，停电也许是上天送给他们最大的礼物。

　　夏雪紧挨着窗户，将头探出去，整个校园都陷入一片黑暗。她又抬头向远处眺望，整座城市竟然都被黑暗笼罩了。夏雪想，即使停电也不会整座城市都停电啊，莫非是发生了什么事情。

　　此时此刻，同样感到奇怪的还有几个人，他们是红狮军团的几位成员。这是一个无聊的周末，亨特正在玩游戏，可正当他玩得起劲的时候，电脑屏幕突然黑掉了。他以为是电脑出了问题，可是揉了揉眼睛之后才发现整

个屋子都黑如墨汁。亨特嘴里嚼着口香糖,大声喊:"亚历山大,你去看看是不是跳闸了。"

亚历山大是个吃得饱睡得香的家伙,早就蒙头大睡了,根本没有听到亨特的喊声。

一束强光照到亨特的脸上,他被晃得眼睛无法睁开,急忙伸手挡住了光线,问道:"是谁?"

"我刚刚看过电路保险了,没有跳闸。"原来是朱莉。

"真是见鬼,平白无故的停什么电?"亨特显然窝了一肚子火。

朱莉把手电筒的光线从亨特脸上移开:"好像没那么简单,因为我看到整个城市都是一片漆黑,说不定是蓝狼军团搞的鬼。"

秦天早就站在了窗前,手中拿着一个便携式红外夜视仪。在黑暗的夜里,肉眼无法看到几米以外的东西,而通过这个红外夜视仪,则可以将黑夜看透,洞察一切暗藏的玄机。透过红外夜视仪,秦天看到城市的街道上偶有行人急匆匆地往家里赶。汽车、建筑物、夜行人,

出现在秦天的视线中，它们色彩或明或暗，区别明显。

在自然界中每一种物体都有自己的温度，不同温度的物体向外散发的红外线强度是不同的，温度越高散发的红外线强度也越高。红外夜视仪就是通过不同物体的温度差别来辨识目标的。

"秦天，看到什么可疑的人没有？"劳拉站在旁边问。

遗憾的是，秦天通过红外夜视仪观察了好一阵，也没有发现可疑的人或物体。他放下红外夜视仪，摇着头说："也许只是正常的停电而已。"

"嘀！嘀！嘀！"这是秦天的手机微信提示音。他掏出手机，点开一条未读信息。这条信息是夏雪发来的，内容是："秦天，我们学校停电了，你们那里停电了吗？"

秦天快速地输入了一行字："停了，注意待在宿舍或者教室里，不要走出校门。"

到目前为止，秦天还不能断定这次大规模的停电到底跟蓝狼军团有没有关系，所以为了安全起见，他必须

叮嘱夏雪注意安全。秦天的担心不是多余的,在整个城市陷入黑暗之后,几个心怀鬼胎的家伙已经秘密潜伏进来。他们要在黑暗之城中,执行一项不可告人的任务。

黑暗为邪恶提供了天然的保护伞,蓝狼军团正进行着秘密的军事行动。为首的人叫布鲁克,即使在黑夜之下也难以淹没他非凡的气宇。只不过如此相貌堂堂的人却选择了一条邪恶的人生之路,成为了蓝狼军团的一员。

布鲁克的枪斜背在身后,枪口朝下,这是他最喜欢的一种携枪方式。因为在这种携枪状态下,行军是最不受影响的,而且一旦遇到敌情,右手可以快速向后抓握枪身上方,将枪口旋转到身前,转换为战斗状态。

在布鲁克的身后是一名女兵,名叫艾丽丝,曾服役于海军陆战队。艾丽丝戴着一顶长沿军帽,穿着一身墨绿色的紧身作战服。

"布鲁克!"艾丽丝在身后小声地呼叫,"咱们距离目标还有多远?"

布鲁克看了看手中的定位仪,回答:"已经不足两千

米，大家注意防御，以免被红狮军团发现。"

蓝狼军团的另外两名成员——凯瑟琳和巴图听到布鲁克的指示后都加强了防范，他们警觉地聆听着黑暗中的细微声响。唯独一个人对布鲁克的指示置若罔闻，她就是美佳。这不是因为美佳不听从指挥，而是因为她有足够的自信。美佳有一种特殊的本领，她擅长隐身之术，无论白天还是黑夜，她都能将自己变得无影无踪。这种绝技究竟从哪里学来的，又是如何施展的，美佳从不向人提起，包括蓝狼军团内部的成员。

在漆黑的夜里，蓝狼军团同样无法用肉眼侦察敌情，而红外夜视仪也是他们的必备装备。在城市郊区的一片房屋前，布鲁克命令大家停下来。这片房屋看上去好像是一个工厂，但实际上却暗藏玄机。

第二章

偷袭行动

布鲁克爬到围墙外的一棵大树上向院子里观察,在红外夜视仪中真相暴露了出来。红外夜视仪中,灰蒙蒙的背景下,有两个人体形状的轮廓格外显眼。这两个人的肩上有一个长条形的物体,布鲁克判断那一定是步枪。

可想而知,工厂里是不会有人背着枪在院子里执勤的,这分明就是一个以工厂为掩护的军事单位。布鲁克的心中已经有了数,他从树上爬下来小声地对大家说:"看来情报是准确的,这里就是红狮军团的卫星监控中心。"

凯瑟琳的眼中闪现出一丝刀锋般的冷光:"我已经听到了死亡女神的命令,今晚将是一场血战。"

巴图冷笑道:"别说得那么玄乎,咱们是为了钱而战斗的,我看到的是完成这次任务后,存进账户里的一沓沓钞票。"

原来，这是一次蓄谋已久的行动。蓝狼军团早就侦察到了红狮军团的卫星监控中心，于是派泰勒驾驶隐形轰炸机通过远程奔袭，投掷了一种专门摧毁电力设施的炸弹，将这座城市变成了黑暗之城。

城市的电力系统崩溃之后，所有需要电力供应的设备全部停止了运转，包括红狮军团的卫星监控中心。而卫星监控中心一旦不能正常运转，红狮军团的指挥部就无法对蓝狼军团进行空中侦察了，同时也与其下属部队失去了联系。当然，蓝狼军团知道这座城市的电力系统会在不久后得到修复，所以他们要一鼓作气，趁着黑夜将红狮军团的卫星监控中心摧毁。

布鲁克所接受的任务就是摧毁红狮军团的卫星监控中心，现在他们已经做好了准备。面对两米来高的墙头，他们根本不把它放在眼里。他们将一只只飞钩抛了上去，然后拉住绳子，双脚蹬住墙壁，快速地攀到墙头上。

墙头上有三道铁丝网，巴图有些心急，迈开腿就要跨过去。身边的艾丽丝一把拦住了他："你不要命了，这

是高压电网。"

艾丽丝从腰间掏出一把绝缘钳子,"啪啪啪",三声清脆的声音过后,电网被她麻利地剪断了。

"呵呵!"巴图发出了低声的嘲笑,"整个城市的供电系统都被咱们破坏了,这高压电网哪儿来的电啊?"

"我怎么把这事儿给忘了。"艾丽丝这才觉得自己的举动是多余了。

巴图探下身子就要往下跳,另一边的凯瑟琳又拽住了他:"你想死呀?"

"又怎么了?姑奶奶!"巴图不耐烦地问。

凯瑟琳耳语道:"你就这么跳下去,动静太大,不被敌人发现才怪!"

巴图心想自己夹在两个女生中间就是麻烦,不过她们说得也对,小心驶得万年船,还是顺着飞钩的绳子爬下去吧。

蓝狼军团雇佣兵从墙头谨慎地向下爬,他们认为自己已经做到了神不知鬼不觉,可是在院子里有几双冒着

绿光的眼睛早已经盯上了他们。在没有电的漆黑夜里，视线被黑色遮挡，但唯独它们的眼睛能够穿透这黑色，洞察一切不可告人的秘密。

布鲁克的脚刚刚落到地上，便感觉到小腿被狠狠地咬中了。他疼得差点儿大喊出来。不过，还没等他大喊出来，另一种叫声已经响起了。

"汪汪汪……"

原来院子的角落里隐藏着两条军犬，它们发现有人从墙头上落下来之后，便猛地冲了上去，一边大叫，一边张开大嘴咬了上去。一条军犬死死咬住布鲁克的小腿不放，他用枪托朝着军犬的头砸去，但军犬仍不松口。旁边的凯瑟琳挥起军刀向军犬砍去。这位外表优雅、内心狠毒的女子使军犬身首异处，而军犬至死还紧紧地叼住布鲁克的小腿不放。

另一条军犬朝艾丽丝扑来，只可惜它的运气不好，还没咬到艾丽丝，就被一刀砍死了，出刀的人是美佳。

犬吠之声惊动了院子里的守兵，一声紧急的哨音响

起，紧接着是一声大喊："有人偷袭！"

喊声之后，院子里亮起一把把手电筒，光柱晃动着朝墙这边照射过来。布鲁克万万没有想到，他完美无缺的战斗计划，会因为两条狗而败露。

一束光柱照到了布鲁克的身上，"在那里！"那人随之一声大喊。布鲁克听到了向后拉动枪栓的声音，他知道对方在把子弹推上枪膛。

"快撤！"布鲁克大喊一声。

巴图不甘心地说："刚刚进来就撤呀？"

"不撤，难道等死吗？"布鲁克的话音刚落，枪声便响起了，子弹如雨点般落到他的身边。

巴图也知难而退了，他判断这里最少有一个连的守军，而他们这几个人即使本领再大，也无法与之对抗。

说到撤退，美佳的逃跑速度最快，此时她已经翻到了墙外，而其他人还没有爬到墙头。布鲁克的一条腿被狗咬伤，所以用起力来会阵阵剧痛，他忍住疼痛抓住绳索向墙上爬着。手电筒的光线在不停地捕捉着他们的身

影,子弹随着光柱一起飞来。艾丽丝突然觉得一颗子弹从她的右侧后肩钻了进去,顿时右手失去了力量,只剩左手抓着绳子,差点儿从半空中掉下来。

凯瑟琳急中生智,她从腰间摘下了一枚闪光手雷,将拉环套进食指中,用力向守军抛了出去。"轰!"一声爆炸之后,院子里闪起强光。在如此黑暗的夜里,强光刺得人眼睛无法睁开,在长达数分钟的时间内都无法恢复视力。

闪光手雷真是一个逃生的法宝,守军被晃得什么也看不见了。蓝狼军团借此机会纷纷翻过墙头朝远处跑去。红狮军团卫星监控中心的守军自然不会轻易放过不速之客,他们在视力恢复之后,打着战术手电筒追了出来。

布鲁克的腿被狗咬伤,一瘸一拐地跑着,严重影响了整体的速度。巴图一边跑,一边问道:"美佳呢,怎么一直没见到她?"

凯瑟琳一听到美佳的名字气就不打一处来:"她遇到危险的时候,腿脚比谁都利索,从来就没把咱们当作一

个战斗集体,只为自己考虑。"

眼看身后的光线越来越明显,布鲁克知道敌人越追越近了。他做出了一个决定:"咱们不能再跑了,必须躲起来。"

艾丽丝的肩膀也正发作着一阵阵难忍的剧痛,她第一个赞同布鲁克的建议:"没错,趁着敌人距离咱们还远,赶紧找个隐蔽的地方藏身才是最理想的办法。"

"右面是一片小树林,我们就藏到那里吧?"巴图转身向右侧跑去。

其他人跟在巴图的后面,很快进入了小树林。他们在树林中最茂密的一片树丛后坐下来,呼哧呼哧地喘着粗气。凯瑟琳突然觉得自己的耳后有人呼出热乎乎的气体,她回头看去却没有发现任何人。难道见鬼了吗?凯瑟琳心里暗想。

一股股热气还在不停地吹向凯瑟琳的耳边,她突然抡起胳膊向身后砸去,一个硬邦邦的东西被砸中了。

"你打我做什么?"美佳竟然出现在她的身后,气哼

哼地质问道。

"你一直都在我身后吗？"凯瑟琳问。

美佳回答："一直都在。"

"你这个鬼东西，总是躲躲藏藏的，我们都不知道你跑到哪里去了！"凯瑟琳厌恶地说。

"只有保存自己，才能消灭敌人，这是我们隐者的原则。"美佳狡辩道。

"嘘！"布鲁克示意大家安静，因为手电筒的光线越晃越近，眼看就要到达小树林附近了。蓝狼军团趴在地上，将枪架在身前对准光线晃动的地方。一旦被追兵发现，他们便会先发制敌，争取战斗的主动权。

第三章

树林中的战斗

追兵来到树林前,从手电筒的光柱看去至少有一个排的兵力。"停!"跑在最前面的排长突然大喊一声。部队听到命令立刻停下来。

"敌人会不会躲到树林里了?"排长说。

一个班长回答道:"我们看看地面的脚印不就知道了。"

紧接着,手电筒的光线都照到了地面上,他们开始寻找蓝狼军团留下的脚印。

"完了,完了!"巴图小声地说,"咱们肯定会被发现的。"

布鲁克的心里也是七上八下,不停地打着鼓。他将步枪握得紧紧的,已经做好了誓死一战的准备。正当他们绝望之际,突然听到敌军中有一个人喊道:"排长,我看到敌人的脚印了,他们是向左边跑的。"

那个排长走过去仔细查看,果然发现在地面上有一些凌乱的脚印朝着左边的方向延伸而去。"快往左边追!"排长带头向左边追去。

看到追兵向左边跑去,巴图长长地出了一口气:"哎呀妈呀,吓死我了。"他不停地拍着胸口,纳闷地问:"咱们明明是向右跑的,脚印为什么会向左了呢?"

"是我做的。"说话的是美佳,"我擦去了向右的脚印,然后又向左跑了一段距离,最后才转回来和你们会合。"

其他人吃惊地看着美佳,真没想到她的隐身之术如此厉害,而且速度也是相当惊人。

"看来是我们错怪你了。"凯瑟琳抱歉地说,"我们都以为你很自私,只顾着自己的安全。原来,你一直都在我们身边,而且想得很周到。"

布鲁克感到小腿一阵剧痛,他挽起裤腿用手电筒照去,只见小腿被犬牙咬出了两排小洞,正往外渗着黑紫色的血。

"这狗不会有狂犬病吧?"布鲁克担心地说。

艾丽丝的肩膀也是疼痛难忍,她咬着牙说:"咱们赶快回去,找医生治疗。"

蓝狼军团站起身来,将枪背在身后,准备离开。可就在此时,他们的身后突然传来一声大喊:"不许动,都把手举起来。"

布鲁克的心里凉了半截,他想真是太倒霉了,逃过了追兵,竟然又杀出了伏兵。他只好乖乖地把手举过头顶,慢慢地向后转身。其他人也纷纷举起了手,慢慢地转过身。可是当他们将身体转过去之后,巴图差点儿笑出声来。原来,面前站着三个小屁孩,看上去最多是高中生。

"不许动,把手都举高点。"一位少年把枪口对准他们,声色俱厉地命令道。这名少年的绰号是"豹子"。另外两名少年一个绰号叫"小胖",另一个叫"大头"。

这三位少年都是育才中学的高中生,和夏雪是同班同学。他们三个是军事迷,经常到野外进行训练。今天晚上,他们正在教室里上晚自习,突然所有的灯都黑了

下来。这三个家伙立刻发出欢呼声,因为停电便意味着可以获得"自由"。

老师宣布晚自习结束。夏雪自然是乖乖地回宿舍睡觉了,可是这三位少年却没那么听话。他们回到宿舍拿出平时训练用的玩具枪,便翻出了学校的墙头,准备到郊外的小树林进行黑暗模式的实战训练。漆黑的树林里,三个人使用红外模拟枪,施展各种单兵战术动作,闪转腾挪,爬滚翻跃,练得好不起劲。可是,正当他们玩得最兴奋的时候,突然看到几个黑影跑进了树林,然后躲在了树丛后。

大头脑子最灵活,小声地对豹子和小胖说:"估计这几个家伙是坏蛋,趁着黑夜在做见不得人的勾当,咱们偷偷地藏到他们后面打探一下。"

豹子和小胖点点头,于是三人悄悄地藏到了蓝狼军团的后面,把他们说的话听得一清二楚。不过,大头心里清楚这几个人都是高手,他们三个根本不是对方的对手,所以并没有打算出手。可是,豹子这小子根本就不

管这些,他见蓝狼军团要离开,便再也忍不住了,于是站起来大喊了一声。

蓝狼军团看到对面竟然是几个乳臭未干的中学生,嘴巴都差点儿笑歪了。布鲁克把手放下来,一步步地朝三位少年走去。

"把……把手举起来,不然我就开枪了。"豹子的两条腿开始发软,嘴巴也不听使唤了。

"哼!"布鲁克一声冷笑,"就凭你们几个毛头小子也敢冒出来充大头蒜,是不是活得不耐烦了?"

大头虚张声势地将枪栓向后一拉,做出一个推子弹上膛的动作:"我手里的枪可是真家伙。"

这不是此地无银三百两,明摆着告诉敌人手里的枪是假的吗?不过,即使大头不这样说,布鲁克也早就一眼看出了他们手里拿的是玩具枪。

"有本事,你就开枪吧!"布鲁克直接把胸膛顶在了大头的枪口上。

凯瑟琳可没心思跟这几个小屁孩逗着玩。她一个箭

步冲上去,双眼冒着凶光,伸手便掐住了小胖的脖子。别看小胖是个中学生,可他长得五大三粗,酷爱运动,有一股子蛮力。他抓住凯瑟琳的手,使出浑身的气力向外掰,竟然把凯瑟琳的手掰开了。

大头的心眼最多,他眼珠一转,大喊一声:"快跑!"同时,他将枪口从布鲁克的身上移开,转身就要跑。

布鲁克怎么会放过大头,一伸手便抓住了大头的玩具枪。大头倒是够灵活,他并不跟布鲁克较劲,而是直接松手,这样一来向后用力的布鲁克差点儿摔了一个仰面朝天。不过,大头并没有因此而逃掉。他迎面撞到了美佳的怀里,由于用力过猛,眼前直冒金星。大头搞不明白,刚才美佳还在自己的后面,怎么一转眼就来到自己的前面了。容不得大头多想,美佳已经一只手抓住了他的胳膊,另一只手按住了他的肩膀,然后向后旋转用力,将他的手臂转到背后,死死地把他擒拿住了。

豹子自始至终就没想跑,他可是一个没头没脑、敢

于硬碰硬的家伙。当然豹子也不是平白无故地盲目自大，他可是从小跟爷爷学习武术，拿过市里的少年武术比赛冠军的，所以他根本不把一般人放在眼里。

见到大头被擒，豹子飞起一脚朝美佳踹来。一只手横空出现，抓住了豹子的脚踝，然后向侧面猛地一用力。豹子的身体凌空中被这样一拉，完全失去了平衡，"扑通"一声栽倒在地。巴图在一旁掐着腰，笑呵呵地看着豹子，说："真是不自量力。"

豹子被激怒了，一个鲤鱼打挺站了起来，连续朝巴图打了几拳。巴图真是没有想到这个毛头小子的拳法如此精湛，出拳速度快得惊人，就是力度上还欠火候。他左躲右闪，双臂在面前抵挡着豹子的拳头。突然，巴图的身体向下一蹲，双拳直朝豹子的腹部击打去，而豹子此时的拳头已经从巴图的头部上面划过。巴图的双拳击中了豹子的小腹，令他疼痛难忍，龇牙咧嘴。

没等豹子直起腰来，艾丽丝便高抬起右腿狠狠地砸在了他的后背上。艾丽丝的右臂受伤，本来一直站在旁

边观战,没想到这几个中学生竟然如此难对付,于是便"出腿相助"了。

豹子被艾丽丝砸得趴在了地上,虽用力挣扎,却难以翻身。小胖虽然有一身蛮力,但是身手笨拙,早就被凯瑟琳制服了。他正呆呆地看着豹子和大头,不知道该如何是好。

"咱们该如何处置这几个臭小子?"巴图问。

"跟咱们作对的人只有死路一条。"凯瑟琳恶狠狠地说。

大头心里害怕,吓得面如土色,心想都是豹子这家伙多管闲事,害得自己也要跟着丧命了。

眼看就要丧命了,大头灵机一动,大喊:"别杀我们,不然红狮军团不会饶过你们的。"

"住手!"听到红狮军团四个字,布鲁克拦住了凯瑟琳,"你们认识红狮军团的人?"

大头摇摇头,说:"不认识。"

布鲁克追问:"那你刚才的话是什么意思?"

豹子赶紧抢着说:"我们虽然不认识红狮军团的人,但是我们有同学跟红狮军团的人是好朋友,所以红狮军团一定不会放过你们的。"

听到这里,布鲁克的脸上露出阴险的笑容,他对凯瑟琳说:"这几个小子说不定能派上大用场,还是先抓回去再说吧!"

此地不宜久留,蓝狼军团将三名中学生捆绑起来,用枪支押解着向蓝狼军团的秘密基地走去。

第四章

惊人的发现

天亮了,整个城市的电力系统还没有恢复,所有需要用电的设备全部停止了运转。电力工人在抢修电路的时候,发现电线之间缠绕着数不清的、如蚕丝一样细的线。这些线便是石墨炸弹爆炸后,喷射出来的石墨纤维。

秦天和队友们站在城市的街道上,看着电力工人将石墨纤维从电线上取下来。亨特弯腰捡起地上的一些纤维,皱着眉头说:"真是奇怪,电线上怎么会平白无故地缠上了这么多纤维呢?"

亚历山大不以为然,双手抱在胸前说:"这有什么好奇怪的?说不定是哪家化纤工厂里的原材料没保管好,被大风吹上了天。"

秦天仔细看着这些纤维,摇了摇头:"没那么简单,你们看这不是普通的纤维,而是导电性极强的石墨纤维,

肯定是蓝狼军团在故意搞破坏。"

"可是，蓝狼军团破坏城市的供电系统又有什么目的呢？"劳拉迷惑地问。

正当大家绞尽脑汁地思考蓝狼军团的破坏意图时，一位女生像兔子一样连蹦带跳地来到了他们跟前。

"夏雪，你怎么没待在学校？"秦天一看到夏雪便质问道。

夏雪噘着嘴说："一看见我，你就没个好脸色，能不能笑一个。再说了，今天是周末，我待在学校里做什么？"她朝秦天露出两排洁白的牙齿。

"你最好老老实实地待在学校，最近市里总有怪异的事情发生，我怀疑是蓝狼军团在作怪。"秦天不放心地对夏雪说。

夏雪想起了昨天突然停电的事情，若有所悟地点了点头。然后，她神神秘秘地说："秦天，告诉你一件事情。"

秦天好像对夏雪的话根本不感兴趣，正抬头观察着挂在电线上的石墨纤维，思考着这些东西是通过什么方

式弄上去的。

"秦天,我跟你说话呢!"夏雪拽了拽秦天的胳膊。

"你说,我在听。"秦天心不在焉地回答。

夏雪倒是也不生气,往秦天的耳边凑了凑,小声地说:"昨天停电以后,我们班有三个男生失踪了,到现在也没有找到。"

"什么?"秦天大喊一声,转过头死死地盯着夏雪,"你刚才说你们班有人失踪了?"

夏雪点点头:"你别这样一惊一乍的,吓了我一跳。"

秦天有一种不祥的预感,他将昨晚发生的一系列事件串联在一起,似乎想到了什么:"你的同学大概是在几点失踪的?有没有人看到他们往哪个方向去了?"

夏雪想了想,回答道:"停电的时候是晚上八点钟,有人看见他们从宿舍拿走了他们的枪,然后便消失了。"

"枪?"秦天惊讶地问,"他们怎么会有枪?"

夏雪嘿嘿一笑,说:"是玩具枪啦。他们三个是超级军迷,估计是趁着停电跑到郊区的小树林去开战了。"

"你知道那个小树林在哪儿吗?"

夏雪点点头:"我知道,前段时间我还跟他们三个一起去那里玩过。"

秦天一把拽住夏雪的胳膊:"快带我们去。"

"不就是几个小屁孩贪玩,忘了回家吗?有什么大惊小怪的。"朱莉不以为然,没有打算跟着一起去。

秦天已经坐上越野车,他认为夏雪的同学肯定是遇到危险了。劳拉和布莱恩也跟随秦天一起出动了。在夏雪的指引下,秦天驾驶越野车很快到达了小树林。当从车上走下来的时候,秦天更加坚定了自己的判断,因为这片小树林距离红狮军团的卫星控制中心不远。

进入小树林,秦天发现地面上有一些凌乱的脚印。从脚印的大小来看,尺寸在四十码左右,说明鞋子的主人应该是十几岁的中学生。秦天又仔细观察夏雪刚刚留下的脚印,其中的纹理和这些脚印完全吻合。

秦天看了看夏雪脚上的鞋子,问:"这鞋是你们学校统一配发的吧?"

夏雪点点头:"嗯,这是前几天开运动会的时候,学校统一购买的。"

根据这些鞋印秦天已经断定,昨晚夏雪的那三位同学肯定来过这里。劳拉和布莱恩已经走到前面,他们发现了更加确凿的证据。

"秦天,你快过来。"劳拉大声喊。

夏雪和秦天急匆匆地跑过去,一眼便看到了地面上被丢弃的三支玩具枪。

"这些枪就是他们的。"夏雪肯定地说。

夏雪见过这三位男生在学校的操场上用这三支玩具枪疯玩。被丢弃在地上的M16玩具步枪是大头的,M700玩具狙击枪是豹子的,而加特林机枪则是小胖的。看到这些被丢在地上的玩具枪,夏雪知道她的同学肯定是出事儿了。因为这些玩具枪是他们的最爱,绝不会平白无故地被丢弃在这里。

"秦天,我的同学到底出什么事儿了?"夏雪紧张地问。

秦天没有回答,而是继续搜寻线索。地面上的痕迹

表明，这里显然发生过打斗。在树丛边缘，一个臂章进入了秦天的视线。他走上前去，将臂章捡起来定睛一看，已经推测出了昨晚发生的一切。

夏雪看到秦天手中拿着的臂章上绣着一个凶猛的狼头，便问道："这是什么意思？"

"这是蓝狼军团的臂章，狼头代表着他们嗜血的本性。"秦天答道。

"这么说，我的三位同学被蓝狼军团抓走了？"夏雪担心极了。

秦天将蓝狼军团的臂章狠狠地攥在手中，猜测昨晚三位少年一定在这里遇到了蓝狼军团，而这枚臂章肯定是在打斗的过程中被扯掉的。

"咱们应该去救这三位中学生，不然他们会被蓝狼军团残忍地折磨致死的。"秦天用恳求的目光看着劳拉和布莱恩。

布莱恩看着秦天说："兄弟，这还用说吗？出发！"

在树林中，越野车无法通行。三个人决定沿着足迹一

路追踪蓝狼军团,营救夏雪的同学。夏雪非要跟着秦天一起去,秦天拗不过她,只好同意。秦天之所以同意夏雪跟自己一起行动,是因为他担心夏雪独自回去路上会遇到危险。

树林里留下了清晰的脚印,他们就这样一路追踪而去。后来,秦天觉得有些不太对劲,以他对蓝狼军团的了解,他们个个精明强干,不可能如此掉以轻心,留下追踪的线索。

秦天、劳拉和布莱恩,三个人组成一个防御队形,时刻提防着可能隐藏埋伏的蓝狼军团。秦天面朝前,劳拉朝左,布莱恩朝右,而夏雪也派上了用场,她怯怯地牵着秦天的衣服向后张望。

走出树林,脚印消失了。秦天停下来向前面看去,一座座小山连绵起伏,形成了丘陵地带。细心的劳拉发现身边的野草倒在地上,好像在不久前被人踩踏过。

"秦天,蓝狼军团应该是朝着这个方向去了。"劳拉指着地上的野草说。

布莱恩和秦天仔细观察面前的野草,发现很多草叶

已经被折断,的确像是有人从此经过,而且不止一个人。

秦天走进草丛,小心翼翼地循着野草被踩过的痕迹向前追踪。他始终用身体护着夏雪,因为周围都是没过膝盖的野草,如果蓝狼军团埋伏在附近,很容易出其不意地对他们发起攻击。

"哗哗哗——"

寂静的丘陵地带只听得到他们蹚动草丛的声音。这声音让跟在身后的夏雪感觉到皮肤痒痒的,不知不觉间起满了鸡皮疙瘩。

"你们看!前面的山谷间有一座木屋。"秦天停下了脚步,伸手指向远处。

劳拉拿起挂在脖子上的望远镜朝秦天指的方向望去。这个放大率为十倍的望远镜,能够轻松地将上千米远的物体尽收眼底。劳拉看到一棵参天大树旁的木屋仿佛就在眼前。木屋没有窗户,而他们所在的方向位于木屋的侧面,所以看不到木屋的门是不是开着的,也无法得知屋内的情况。

第五章

营救三位少年

劳拉放下望远镜,对秦天说:"这座木屋很值得怀疑,不过咱们不能一起走过去,那样的话一旦中了敌人的圈套便会全军覆没。"

秦天赞同劳拉的说法,对于特种兵来说有效地隐藏和相互支援是两条铁的原则。于是,秦天对劳拉说:"你留下来隐藏在暗处负责掩护,我和布莱恩到木屋那里看个究竟。"

"那我呢?"夏雪拉住秦天问。

"真不该带你来。"秦天不放心地看了看夏雪,"你和劳拉待在一起,记住趴在草丛里千万不要乱动。"

夏雪心里也怕怕的,她紧挨着劳拉趴在草丛里,连头都不敢抬。劳拉趴在草丛中,将狙击枪架在面前的一截枯木桩上,通过瞄准镜观察木屋周围。在瞄准镜中,

劳拉看到秦天和布莱恩已经分头行动了。秦天弯着腰直奔木屋的前面,而布莱恩则小心翼翼地向木屋的后面迂回而去。

劳拉慢慢地移动枪身,瞄准镜随之转动,视域向木屋的远处延伸过去。在木屋的延伸方向,地势逐渐升高,形成了一个坡度不大的小山坡。小山坡上野草丛生,看不到任何异常。

秦天已经来到木屋前,他警觉地向四周环视,没有看到一个人。秦天快步来到门前,想推开木门,却发现门被一把铁锁牢牢地锁住了。通过木板间的缝隙,秦天向屋里看去。昏暗的光线下,他看到了三个被捆在木柱上的少年。秦天没有见过夏雪的同学,所以不知道这三个人是不是他们要找的人。不过从夏雪的口中,秦天知道了这三个人的绰号。于是,他轻声地朝屋里喊:"豹子,小胖,大头!"

"谁?是谁?"屋里传来渴望的声音,"快来救我们。"

秦天暗喜,看来屋里关的果然是夏雪的同学。此时,

布莱恩也从屋后转到了屋前,他对秦天说:"你快进屋营救学生。我负责在屋外警戒。"

秦天将枪口对准锁眼开了一枪。锁被打开了,秦天推开门冲进屋里。负责在远处掩护的劳拉听到了枪声,紧张得四处寻找,以为是敌人朝秦天和布莱恩开枪了。夏雪更是担心得差点儿站起来张望,幸亏劳拉一把将她按住了。

"别乱动,小心敌人的子弹一枪打到你的脑袋上。"

夏雪被劳拉的话吓得把头死死地扎在草丛里,一动也不敢动了。

秦天进入木屋,从刀鞘里抽出伞兵刀。

大头吓得连连求饶:"别杀我,别杀我!"

"我是来救你们的。"秦天手起刀落,将绳子割断。

绳子刚一割断,豹子就像脱开了缰绳的一匹小马,头也不回地就往外窜。

秦天急忙大喊:"别跑,小心敌人的暗枪。"

豹子好像没听见一样,一条腿已经迈出了门槛。守在门外的布莱恩眼疾手快,一把将豹子按倒在地。豹子

刚刚趴在地上，一声枪响便传进了耳朵，子弹随之而到，打在了门上。

秦天将小胖和大头按倒在地，然后快速地躲到门口的侧面，将枪口伸出了屋外。蹊跷！秦天感觉今天的营救太蹊跷了。为何敌人没有在他来到木屋前的时候开火？为何没有在他打开屋门的时候开火？反而在他即将把中学生救出去的时候才开火。这一想法在秦天的脑海中一闪即过，他没有时间多想，因为敌人的暗枪随时会再次响起。

在远处山坡上负责掩护的劳拉根据枪声，锁定了敌人的大概位置。作为特种兵，特别是狙击手有两种能力是必须要训练的，一种是耳力，也就是能根据声音的大小和方向，来判断声源的范围；第二种是眼力，也就是能够根据枪口的闪光和硝烟，快速捕捉敌人隐藏的具体位置。

劳拉不是红狮军团中最出色的狙击手，但是仍能快速地判定敌人的位置。敌人就隐藏在左侧山坡茂密的草

丛中,根据枪声判断,敌人距离劳拉不足八百米。劳拉通过瞄准镜密切监视着敌人藏身的范围,一旦他再次发射子弹,就会被精确地锁定,同时遭到反狙击。可奇怪的是,枪声在第一次响起之后,便没有再次响起了。

秦天躲在屋里对门外的布莱恩说:"你先带着外面的学生跑,我在屋里掩护。"

布莱恩拉着豹子的手,猛然间跃起:"快跟我跑,注意把身体压低。"

豹子听从布莱恩的吩咐,将身体压得很低,画着弧线,紧跟着布莱恩向远处跑去。更奇怪的事情发生了,布莱恩已经跑出了上百米远,敌人竟然没有再开一枪。布莱恩在跑出一段距离后,拉着豹子一起趴在了草丛中,然后通过耳机对秦天说:"你可以出来了,现在由我来掩护。"这是交替掩护战术,也就是两个人分阶段跃进,互相掩护着撤退。

秦天看了看身边的两个中学生,说:"一会儿你们两个跟在我的身后,不要抬头,一口气往前跑就行了。"

大头瞪着一双大圆眼看着秦天,瑟瑟发抖地说:"我……我害怕。我的脑袋太大,子弹会不会射中我的头呀?"

秦天看了看这个中学生,他的脑袋的确大得离谱。为了消除他的顾虑,秦天将自己的头盔摘下来,扣在他的脑袋上:"戴着这个,这可是凯芙拉头盔,子弹就是打中了也不碍事儿。"

大头摸了摸脑袋上的凯芙拉头盔,心里踏实多了。

秦天大喊一声:"跑!"然后,他带头冲出了屋子。大头和小胖藏在秦天的身后,也跟着快速地跑了出来。

秦天健步如飞,跑着一条蛇形线,这是为了防止敌人瞄准跟踪。小胖的速度还不慢,紧紧地跟在秦天后面。那个大脑袋的大头可就不行了,也许是因为身体比例失调,跑起来晃晃悠悠的,落后了十几米。

"砰!砰!砰!"突然,接连几声枪响,子弹落到了秦天和小胖的身边。

"快趴下!"秦天大喊一声,按倒了身边的小胖。

可是，大头被落在身后，秦天顾及不到。大头被枪声吓坏了，根本没有听到秦天的喊声，继续没头没脑地往前跑。

"砰！"敌人又射出了一发子弹。大头感觉到脑袋被狠狠地撞了一下，原来是子弹击中了头盔。

"快趴下！"秦天见大头傻乎乎地乱跑，便从地上跃起，反冲到大头身边，一把将他按倒在草丛里。这时，又有几发子弹射过来，落到了大头的身边。

敌人连续射击，已经暴露了隐藏的位置。劳拉神不知鬼不觉地锁定了敌人，瞄准镜的十字线稳稳地压在了他的头上。

"砰！"劳拉轻轻地扣动扳机，子弹便像长了眼一样径直射向了敌人。在瞄准镜中，劳拉看到子弹精准地击中了敌人的头部。敌人戴着钢盔，所以劳拉不能确定他有没有受伤或者死掉。不过，这一枪过后，敌人的枪声便停止了。

布莱恩趁机朝秦天大喊："快跑，我掩护。"

秦天拉起大头，同时对另外两名中学生喊："快跟我来！"

豹子和小胖跟着秦天快速地向远处跑去。他们尽量把身体弯到最低，选择野草最高、最茂盛的路线撤退。

自从劳拉击中了那个隐藏的敌人后，枪声便再也没有响起。布莱恩也从地上爬起来，弯着腰快速地向后撤退。

"豹子，大头，小胖！"夏雪看到三位同学跑过来，激动地喊着他们的绰号。

这三位少年看到夏雪也来到了这里，别提多意外了。他们跑过去，趴在夏雪的身边。大头笑着说："我就知道你会找你的特种兵朋友来救我们的。"

夏雪凶巴巴地对他们说："你们三个没头没脑的家伙，大半夜的跑出去疯玩，差点儿把命丢了吧！"

布莱恩也已经赶到了，他没有停下脚步，而是朝大家挥了挥手，喊道："咱们快离开这里，说不定更多的敌人很快就会赶来了。"

大家起身，头也不回地朝远处跑去。也不知跑了多远，

反正夏雪和他的三位同学都已经是上气不接下气,实在跑不动了。"秦天,我们歇一歇吧!"夏雪气喘吁吁地说。

秦天见附近有一片茂密的树林,便说:"我们进入树林再休息吧!"

刚一进树林,大头便一屁股坐在了地上。豹子和小胖也像烂泥一样瘫软下来。夏雪指着大头脑袋上的头盔说:"你是不是被子弹打中了?"

大头这才把头盔从脑袋上摘下来,仔细一看,头盔上有一个深深的弹坑。他心有余悸地说:"幸亏这位大哥把头盔给了我,否则现在我已经到阎王殿报到了。"

夏雪隆重介绍:"这位大哥名叫秦天,是我的救命恩人,也是我最铁的哥们儿。"

秦天看着夏雪顽皮的样子,笑了笑。在他的记忆里,似乎自己从来没有这么灿烂地笑过。

"这头盔可真厉害,能挡住子弹的攻击。"小胖把头盔拿在手里仔细地研究。

"这叫凯芙拉头盔。"劳拉介绍道,"凯芙拉是一种纤

维材料，用这种材料制造的防弹衣和头盔重量轻，而且防弹性能超棒。"

大头和小胖对这个神奇的头盔爱不释手，看了又看。唯独绰号叫豹子的那位少年坐在一旁，眼神呆滞地看着地面，一言不发。

"豹子，你怎么了？"夏雪发现了豹子的异常，关心地问。

豹子抬头看着夏雪，那怪怪的眼神令夏雪觉得浑身不自在。劳拉小声地对夏雪说："可能他受到了惊吓，过几天就会好了。"

秦天在想着一件事情，他总觉得今天的营救行动很是蹊跷。木屋的防守太松懈了，他们几乎没有费什么周折便轻松地把三位少年救了出来。更令人费解的是，隐藏在暗处的敌人足可以在最佳的时机开枪，射杀他们其中的一个人。而实际上敌人并没有这样做，他们好像在故意"放水"。

第六章

豹子的情报

城市的电力系统经过一周的抢修后,终于恢复了正常。自从经历了上次的危险之后,豹子像变了一个人似的,总是独自躲在角落里不跟别人说话。每当夏雪走过去想跟他说话的时候,他就躲躲闪闪的,好像有什么不可告人的秘密。

小胖和大头倒是一如既往地能闹,一到课间就在教室和走廊里追着打闹,模拟特种兵作战的各种战术动作。

"豹子,你快跟我们一起玩吧!"大头朝豹子投来一个粉笔头,以此来召唤他昔日的"战友"。

粉笔头砸中了豹子,可他却没有丝毫反应,仍然把头扎在课桌下,在干着什么诡秘的事情。夏雪蹑手蹑脚地走过去,想看看豹子到底在干什么。当她悄悄地来到豹子的身后时,发现豹子手里拿着一个半导体一样的东

西，上面还伸出了一根长长的天线，一副耳机的一头连接到"半导体"上面，另一头塞在豹子的耳朵里。"豹子，你到底在干什么呢？"夏雪一头雾水，从身后轻轻地拍了拍豹子。没想到豹子吓得双手一抖，差点儿把那个半导体一样的东西掉在地上。

"你是鬼呀？"豹子生气地说，"偷偷地监视我做什么？"

"我才懒得监视你呢！"夏雪瞪着豹子，"只不过看你神经兮兮的，怕你脑子出了毛病，特意来关心你的。"

豹子耷拉下眼皮，把手里的神秘之物装进书包里："我的事你少管。"

夏雪顿时火冒三丈，小宇宙瞬间爆发。她一只手掐腰，一只手揪住豹子的耳朵，狮吼道："别忘了是谁把你从坏人的魔爪之中救出来的！真是过河拆桥，忘恩负义。"

豹子的耳朵被揪得生疼，连连求饶："可爱的夏雪同学，快放了我吧！我把秘密都告诉你。"

"这还差不多。"夏雪松开了手，但面部表情仍旧恶

狠狠的。

豹子左右看了看，压低声音说："我是在监听蓝狼军团的情报。"

"什么？"夏雪的眼睛瞬间瞪得溜圆，"你没开玩笑吧？"

豹子一本正经地说："你看我像在开玩笑吗？"

夏雪摇摇头，说："可是，你怎么才能监听到蓝狼军团的情报呢？"

豹子把声音压得更低了："我知道蓝狼军团的通信频率。"

夏雪迷惑地看着豹子，等待他的进一步解释。豹子继续说："那天我们不是被蓝狼军团抓走了吗？一路上，小胖和大头吓得魂儿都飞了，可是我就不同了。"

"先别顾着吹牛，说正事儿。"夏雪催促道。

豹子看了看手表，眼看就要上课了："我长话短说吧。那天蓝狼军团用电台跟他们的总部进行联系，我便偷偷地观察电台的频率，就这样暗暗地记在了心里。"

"你还懂电台呢?"夏雪吃惊地问。

豹子立刻神气起来,说:"作为超级军迷,不懂电台是件很耻辱的事情。"

夏雪将手伸进豹子的书包里,掏出那个半导体一样的东西仔细观察。原来这就是一个小型的电台,上面标记着各种波段的频率,看来豹子说的都是真的。

"丁零零!"上课铃打响了,同学们拥挤着往教室里跑。小胖和大头不情愿地坐回到座位上,擦着额头上的汗。

夏雪心想怪不得豹子最近总是怪怪的,原来他隐藏了一个大秘密。上课的时候,夏雪不停地观察豹子,发现他一直在暗地里摆弄着那个小型电台。虽然夏雪对电台一窍不通,但是她猜测豹子一定是在搜索蓝狼军团的通信频率。突然,夏雪看到豹子的身体紧张地抖动了一下,好像听到了什么惊天的秘密。整节课,豹子都魂不守舍,如坐针毡。

下课铃刚刚响起,老师还没有走出教室,豹子就跑

到了夏雪的座位上,拉起她就往外跑。

"你拉我干什么?"夏雪用力地甩开豹子的手。

豹子转过身,万分火急地说:"不好了,不好了!蓝狼军团要劫持下午三点钟起飞的一架客机。"

"你说的是真的?"夏雪简直不敢相信自己的耳朵。

豹子把手举过头顶,严肃地说:"我发誓!我要是撒谎就不得好死。"

夏雪看到豹子如此兴师动众,便知道他不是在开玩笑了。她掏出手机,说:"那我们快打电话把这件事儿告诉秦天。"

"不行!"豹子夺过夏雪的手机说,"手机的保密性太差,说不定咱们的号码早被蓝狼军团监听了,快带我去找红狮军团,我亲自告诉他们。"

夏雪站在原地不肯动:"不行!我答应过秦天,不能把红狮军团的营地告诉任何人,更不能带人去那里。"

"现在都什么时候了,还管得了这么多!"豹子义正言辞,"要是蓝狼军团得逞了,整架飞机里的乘客都有生

命危险。"

"好吧！我带你去。"夏雪带着豹子急匆匆地向学校外跑去。

小胖和大头趴在教室的窗户上，看到豹子和夏雪竟然敢逃课，都吃惊地不停摇着头。

梧桐路135号，一座民居的院子里，红狮军团的人听到有人急促地敲着大门。他们立刻警惕起来，因为这里是他们的秘密基地，从不跟外人来往。

"全部进入屋子，占领有利位置，做好战斗准备。"亨特命令。

红狮军团训练有素，每个人迅速隐藏到各自的战斗位置，警觉地观察着大门口。亨特将一支手枪别到身后，调整了一下面部的表情，慢慢地走到门前。他并没有急于开门，而是透过门镜向外望去，一个毛头小子出现在他的视线之中。

豹子的脸正对着门镜，他的拳头还在不停地砸着门。亨特皱着眉头，心想这是从哪里蹦出来的小屁孩呢？夏

雪见许久没有人来开门,便推开豹子从门缝向院子里看去。亨特看到夏雪才明白了毛头小子冒出来的原因。他暗暗责怪秦天,为什么曾经把夏雪带到了这里,如今夏雪又带来了一位少年,照此下去这里就没有秘密可言了。

亨特打开门,正在扒着门缝向里看的夏雪身体一歪,差点儿扑到他的身上。"出事儿了,出大事儿了!"夏雪还没站稳,就大声地喊。

"别乱喊乱叫,到屋里说。"亨特探出头朝门外看了看,生怕有人跟踪而来。

秦天见是夏雪,从屋里迎出来。其他人也解除了警戒状态,继续干各自的事情去了。

"秦天,蓝狼军团要劫持下午三点钟起飞的航班。"一见到秦天,夏雪就焦急地说。

"到底是怎么回事儿?你慢慢说。"秦天将夏雪和豹子带进了屋子里。豹子将自己记住了蓝狼军团的电台频率,后来进行秘密监听的事情一五一十地讲了一遍。

情况紧急,宁可信其有,不可信其无。秦天和其他

人立刻商议，最终他们决定让布莱恩和朱莉留在营地，其他人则以乘客的身份秘密潜伏在客机里，如果蓝狼军团企图劫机，他们再见机行事。

第七章

恐怖袭击

　　下午两点钟,红狮军团来到了机场大厅。他们仔细地观察着每一位进来的乘客,试图寻找出可疑分子。行色匆匆的乘客接二连三地走进来,他们随身携带的物品各异,行李箱有大有小,看不出有什么异常。每一位乘客在进入机场前都要经过严格的安检,行李和人体都要经过扫描,按理说不会有危险品被带上飞机。

　　索菲亚有些不耐烦了,她自始至终就认为豹子的话没有什么可信度:"为了个毛头小子的一句话,咱们用得着这么兴师动众吗?"她小声地对身边的亨特说。

　　亨特没有说话,他藏在墨镜后面的眼睛正偷偷地观察着一个人。虽然亨特还是一如既往地嚼着口香糖,表面上看去百无聊赖,但实际上却无时无刻不在进行观察。亨特的目光追随着一个人,他体型健硕,露在短袖衬衫

外面的大半截胳膊肌肉发达，走起路来似乎踩着节奏，右侧的肩膀比左侧略微下沉。这些细节都被亨特观察到了，他在进行快速地分析：肌肉发达说明这个人有良好的体育锻炼；走路似乎在踩着节奏，说明他可能曾经在队列中长期行走；右侧肩膀偏低，说明他有可能是一名狙击手，右手长期练习持枪的动作。

这个人坐到了对面的椅子上，同样戴着一副墨镜。这个人在整个候机大厅中第一眼便注意到了亚历山大，因为亚历山大实在是太抢眼了。亚历山大的块头像一位重量级的拳击运动员，他面部的表情总是凶巴巴的，好像谁欠了他的钱没有还似的。最重要的是，亚历山大看人的时候总是直勾勾的，不会拐弯抹角。

现在，亚历山大就目不转睛地盯着对面的这个人看。对面这个人摘掉了墨镜，也充满敌意地看着亚历山大，以此来回应自己的不满。亚历山大就是一头拖拉机也拽不住的野牛，竟然朝对面的人竖起了小拇指，这可是挑衅的动作。幸好，此时登机的提示音响起了，大家

纷纷站起身来准备乘摆渡车登机,否则搞不好会有一场好戏看。

秦天是最后一名登上飞机的乘客。他坐到座位上,系好安全带,深深地吸了一口气。飞机开始在跑道上滑行,速度越来越快,终于仰头起飞了。秦天的头开始隐隐作痛,每当失重或者超重的时候他的头都是如此。当飞机进入平飞状态,秦天的疼痛感才减轻了些。此时,他才注意到自己旁边坐着一位美丽的女郎。

"你好像有恐高症吧?"这位浑身上下散发着魅力的女生主动跟秦天说话。

秦天摇摇头:"不,只是有些头疼。"

此时,空中小姐推着车子走了过来,有礼貌地问:"请问您需要什么饮料?"

秦天旁边的女生说:"一瓶矿泉水。"

空中小姐将一瓶矿泉水递给女生,然后将头转向秦天问:"先生,您呢?"

"谢谢,我什么也不需要。"

秦天说完将头向后靠在座椅的后背上，目光不停地由后向前观察着每一位乘客。

秦天旁边的女生拧开矿泉水的瓶盖，不过她并没有喝，而是从口袋里掏出了一个白色的小药瓶，从里面倒出了几片一毛钱硬币大小的白色药片。

"你的身体不舒服吗？"秦天以为女生要把这些白色的药片放进嘴里吃掉。

女生没说话，只是朝秦天笑了笑，她把白色的药片放进了矿泉水瓶子里。接下来的事情，简直让秦天大吃一惊。白色的药片迅速在水里溶解，一股股气泡从水底向上冒了出来，水就像被烧开了一样。

"全都不许动，我手里有炸弹。"秦天旁边的漂亮女生突然站起来，手里举着那个正在冒着气泡的矿泉水瓶子。

乘客们纷纷转头看着秦天旁边的那位女生，瞬间被吓得魂不附体。秦天更是没有想到，他们苦苦寻找的人就在自己的身边。而更加令他想不到的是蓝狼军团竟然用如此高明的手段将液体炸弹带上了飞机。

进入飞机前的安检是十分严格的,要想把危险品带进来简直是不可能的,而蓝狼军团采取了一种全新的技术。他们将一种制作液体炸弹的材料伪装成药片,放在小药瓶里,这样便堂而皇之地把危险品带了上来。制作这种液体炸弹还需要一种原材料,那就是水。于是,空中小姐提供的矿泉水便满足了这一要求。狡猾的蓝狼军团将这一行动设计得天衣无缝,就连秦天都不得不暗中佩服了。

这位举着液体炸弹的女生便是蓝狼军团中的女魔头——艾丽丝。所以,一个人的外表是有欺骗性的。艾丽丝走到过道上。秦天本想突然抓住艾丽丝的手,将液体炸弹夺过来。但是他犹豫了,因为秦天知道液体炸弹爆炸不是靠引燃,而是靠碰撞。他担心艾丽丝把瓶子扔在地上,从而引发爆炸,那是非常危险的事情。

秦天之所以没有动手的另一个原因是,他知道艾丽丝绝不是一个人在战斗,乘客之中肯定还隐藏着多名蓝狼军团的成员。如果打草惊蛇,其他的成员就会突然冒

出来,他们的手中肯定也掌握着危险品。

红狮军团的其他成员也都是这样想的,他们都在静观其变,因为冲动会如魔鬼般可怕,搞不好会机毁人亡。果然不出所料,另一位蓝狼军团的成员站了起来。他就是在候机大厅里和亚历山大对视的那位壮汉——泰勒。他两手空空,蔑视地朝机舱里扫了几眼,然后径直朝飞机的驾驶舱走去。艾丽丝跟在泰勒的后面,手里高高地举着那个液体炸弹。空乘人员看到两个人走过来,都吓得缩成了一团。

机长正在驾驶飞机,见有两个人走进来,非常镇静地说:"这里是驾驶舱,请你们出去。"

艾丽丝径直走到机长的身后,恶狠狠地说:"我命令你立刻将飞机向回开,去撞击市中心的商贸大厦。"

"我是机长,不是歹徒,你们无权命令我。"机长义正词严,丝毫没有畏惧。

泰勒上前一步,抬起手朝着机长的脖子猛地就是一掌。机长被打晕了,头歪向一侧,飞机也随之失去控制,

在空中剧烈地抖动起来。

客舱里，乘客们被飞机的抖动吓得大呼小叫，都以为飞机要坠毁了。亨特朝劳拉和索菲亚使了个眼色，示意她们趁着混乱进入驾驶舱，去阻止蓝狼军团的行动。劳拉和索菲亚心领神会，立刻上演了一出好戏。只见索菲亚表情痛苦地捂着肚子，劳拉搀扶着她开始向驾驶舱的方向走。

"站住，你们两个想到哪里去？"突然，一个人在她们的后面大喊了一声。蓝狼军团的巴图也从乘客中站了出来，露出了真面目。

布鲁克也站出来，大喊一声："谁也不许动，否则我就不客气了。"他的手里也高高地举着一个液体炸弹。

亚历山大有些沉不住气了，紧紧地攥着拳头，要不是亨特按住他，他早就站起来跟蓝狼军团拼了。

索菲亚回头可怜巴巴地看着巴图，哀求道："大哥，我的肚子实在疼得受不了了，能不能通融一下。"

巴图见索菲亚长得楚楚动人，像个大学生的模样，

警惕性一下子就放松了很多。不过，他还是疑惑地问："你肚子疼到驾驶舱里有什么用？"

就在索菲亚不知该如何回答的时候，飞机突然向上仰头，没有坐在座位上的人都站不稳，甚至摔倒在机舱里。这是因为泰勒将机长打晕后，接替了机长的位置，驾驶飞机开始在空中转弯。突然，一直藏在驾驶舱附近的一名空姐不知道哪来的勇气，冲到了泰勒身后，试图将泰勒从驾驶位上推下来。泰勒慌乱之中拉动了操纵杆，飞机便猛地向上抬起了头。

艾丽丝一把揪住那位空姐的头发，恶狠狠地说："你是不是不想活了？"空姐浑身都在颤抖，惊恐地望着艾丽丝，怎么也想不到这样--位婀娜的女子竟然是一个恐怖分子。

第八章

背后的阴谋

飞机大角度拉起,站在机舱里的巴图和布鲁克都站立不稳,差点儿摔倒。亨特趁势出击,一把抓住布鲁克手里的液体炸弹,猛地夺了过来。亚历山大终于可以施展拳脚了,他拦腰抱住布鲁克,然后一只脚伸到了布鲁克脚下,将其绊倒了。

劳拉和索菲亚也趁巴图站立不稳,一个攻上,一个攻下,试图将巴图擒住。可是没想到,巴图的功夫还不错,竟然上蹿下跳灵活地躲过了两个人的攻击。突然,一个人从座位上腾空跃起,飞来一脚踹在了巴图的后背上。巴图向前踉跄了几步,双手扶住了机舱里的座椅。没等他还手,劳拉和索菲亚便每人抓住了他的一只胳膊,向后一拧将其活擒了。

秦天踩着巴图的后背,腾空跃进了驾驶舱。泰勒已

经驾驶飞机掉转了方向，朝城市中心的商贸大厦飞去。艾丽丝见秦天冲进了驾驶室不但没有害怕，反而朝秦天笑了笑："咱们真是有缘啊！没想到坐在我旁边的竟然是红狮军团的人。"

"我也没想到你是蓝狼军团的人。"秦天将手伸到艾丽丝的面前，"把炸弹给我，否则就别怪我不客气了。"

艾丽丝还是那副笑盈盈的表情："我没指望你对我客气。我也没打算不把炸弹给你，不过你要答应我一个条件。"

"什么条件？"

"先把我们的那两个人放了，然后你们都撤到机舱的最后面去。"艾丽丝直勾勾地看着秦天，手中的液体炸弹像玩具一样在手里转着。

"如果我不答应呢？"

"如果你不答应，我就把炸弹直接扔到客舱里。"

秦天犹豫了几秒钟，见飞机距离市中心越来越近了。泰勒驾驶飞机从高大的建筑物顶端飞过，做出了极其危

险的动作。城市街道上的人群抬头看着飞机从头顶飞过，先是驻足观望，而后便开始惊慌地四处奔逃。

"好，我答应你。"秦天已经别无选择。

布鲁克和巴图被放开。红狮军团撤到了机舱的最后面。泰勒做出一个更加令乘客惊恐的举动。他打开了飞机的舱门，一股强大的气流冲进了飞机里，乘客们吓得惊声尖叫。巴图和布鲁克顶着强大的气流走到机舱口，纵身跳了下去。原来，他们早已经做好了逃生的准备，降落伞一直背在身后的伞包里。

泰勒竟然也从飞机的驾驶位置上离开了，和艾丽丝一起冲向机舱口。没有人驾驶的飞机在空中晃动起来。

"接着！"艾丽丝果然实现了自己的诺言，将液体炸弹朝秦天抛来。

秦天稳稳地接住了液体炸弹。此时，艾丽丝和泰勒已经跳下了飞机，两朵白色的伞花在空中绽放。

亨特快速冲向驾驶室，一把抓住飞机的操纵杆，将急速下降的飞机向上拉起。眼看飞机就要撞到商贸大厦

了，乘客们吓得都闭上了眼睛。当乘客们睁开眼睛的时候，飞机已经有惊无险地与商贸大厦擦肩而过了。

秦天仔细看着手里的液体炸弹总觉得有些不对劲。他松开手，看到瓶子上贴着一张纸条，上面写着几个字：碳酸饮料，送给你！

这真是一个天大的玩笑！

飞机安全着陆，秦天拿着那瓶不知道是液体炸弹还是碳酸饮料的东西走下来。经过送检化验，结果令红狮军团大吃一惊，那的确是一瓶碳酸饮料。秦天已经猜到那些被放进矿泉水里的白色药片是什么了——小苏打压缩片。

蓝狼军团的醉翁之意不在酒，也许他们并不是真的想劫持那架飞机。不是也许，而是肯定，秦天这样断定。事实上，在发生劫机事件的同时，另一场更加丑恶的交易正在秘密进行着。

在亨特、秦天、亚历山大、劳拉和索菲亚以乘客的身份进入飞机之后，留在营地负责守候的布莱恩和朱莉

便收到了红狮军团指挥中心传来的命令。城市的电力系统得到修复后，红狮军团指挥中心的卫星监控系统重新启动。卫星很快捕捉到了蓝狼军团的秘密行动，从卫星传回的图像看蓝狼军团正在赶往维多利亚海港，似乎准备进行一场邪恶的交易。

红狮军团指挥中心命令亨特立即率领红狮军团的特种兵小队前往码头，侦察并阻止蓝狼军团的邪恶交易。但是，接到命令时只有布莱恩和朱莉留在营地守候，而其他人因为正在飞机上，都已经无法取得联系。由此可以推断，蓝狼军团之所以放出劫机的消息，其目的是想吸引红狮军团的注意力，采取声东击西的战术，瞒天过海地在另一个地方进行邪恶的交易。

蓝狼军团出动隐形轰炸机投掷石墨炸弹，摧毁城市的电力供应系统也是为这次邪恶的交易做准备，其目的是使红狮军团的卫星监控系统失灵，无法监视他们的邪恶行动。可是他们没想到，城市的电力系统恢复得如此之快，于是才又施展了劫机计，掩人耳目。

朱莉和布莱恩将汽车停在维多利亚海港的外面，每人从后备厢里拿出一个黑色的手提袋，这里面装的可都是他们作战时需要的真家伙。

"一男一女，已经走进了码头的三号仓储库房，男的穿黑色风衣，女的穿黑色紧身服。"红狮军团卫星监控中心向朱莉和布莱恩通报了卫星监视的情况。这一男一女进入库房后的画面卫星便无法侦察到了。

朱莉和布莱恩按照海港上的标示向三号仓储库房快步走去。距离三号仓库还有十几米，布莱恩便看到仓库的门口站着一名光头大汉。他戴着一副墨镜，在下午三点钟的阳光下，光头显得更加锃亮。

布莱恩和朱莉躲在一个集装箱的后面，仔细观察着三号仓库周围的情况。仓库有两个大门，一侧为车辆进入的大门，装满货物的汽车会从另一侧的大门直接开出去。开着大门的一侧就是那个光头大汉把守的一侧，而另一侧的大门则紧紧地关闭着。

布莱恩小声地说："朱莉，你在这里监视光头，我转

到另一侧去看看。"

朱莉没有说话，只是朝布莱恩做了一个OK的手势。特种兵在行动中会大量地使用特种作战的手势来代替语言，这样会使行动更加隐蔽。布莱恩步速极快，但脚步轻盈，几乎没有发出任何人耳可以听到的声音。他连续利用集装箱做掩护，来到了距离另一侧大门最近的一个集装箱后面。光头守卫不时地朝布莱恩这边扫上几眼，所以布莱恩并没有急于从集装箱后面闪出来。

布莱恩仔细侦察光头守卫的观察规律，发现他每隔十几秒左右向这边转一次头。就在光头守卫刚刚把头转过去的时候，布莱恩快速地从集装箱后面闪了出来，快步来到了仓库的大门旁。布莱恩的身体紧贴着大门，深深地吸了几口气，然后从黑色的手提袋里取出微型冲锋枪。在这种空间狭小的地方作战，微型冲锋枪是最佳的武器。

大门闭得很紧，连一点儿缝都没有，布莱恩无法看到仓库里的情况。他将耳朵紧贴在大门上，试图窃听里

面的谈话。仓库内的说话声模模糊糊地传入布莱恩的耳朵。根据声音的腔调,布莱恩分析仓库内最少有五个人,两女三男。里面究竟在进行着什么不可告人的交易呢?布莱恩趴在地上,发现门与地面之间有大约一厘米的缝隙。这一厘米的缝隙帮了布莱恩的大忙,他从黑色手提袋中取出了一根只有小拇指粗的长管,将其从这道缝隙中插了进去。

　　这可不是一根普通的管子,而是一个微型的侦察设备。在管子的前端有一只"眼睛"——微型摄像头,管子的另一端连接着一个巴掌大小的显示屏。微型摄像头观察到的情景像,将清晰地显示在这个屏幕上。

　　布莱恩用手指轻松地点击屏幕上的按钮,微型摄像头便开始转动,最终锁定了目标。布莱恩的判断果然没错,仓库里就是五个人,其中两个女的是红狮军团卫星监控中心告知的那两个人,他们是蓝狼军团中的美佳和凯瑟琳。在劫持飞机的行动中,这两个人没有现身,其原因便是来这里执行更加隐秘的任务。

另外三个人都留着大胡子。布莱恩想听到他们到底在说什么，于是操作那根长长的管子向前伸去。这根长管实际上是由很多一节节的单元组成的，所以可以任意地弯曲和扭动，在地面上伸展的时候，很像一条蛇在爬行。除了在这根管子的顶端有一个微型摄像头，在每节单元上还有一个微型的窃听器，所以它既能够观察到图像，又能监听到声音。

布莱恩已经将管子伸到了靠近这几个人的一个集装箱后面。于是，他们的谈话声清晰地传进了布莱恩的耳机里。听了他们的谈话后，布莱恩不由得慢慢张大了嘴巴，他不敢相信，更不愿意相信这是真的。

第九章

秘密的交易

三个大胡子中的一个问:"我们要的东西带来了吗?"

凯瑟琳双手抱在胸前,傲慢地说:"当然,我们说到做到。你们要的东西就在这个箱子里。"

身后的美佳将自己手中的箱子晃了晃,问:"我们要的东西,你们带来了吗?"

为首的大胡子朝旁边的人甩了一下头,示意他把东西展示给美佳和凯瑟琳看。旁边的人立刻提出一个大箱子,从提箱子的姿势来看应该很重。箱子被打开了,里面闪出耀眼的金光。美佳和凯瑟琳张大了嘴巴,眼神里冒出贪婪的光。别说美佳和凯瑟琳,就连布莱恩也是瞠目结舌,因为那是满满一箱子的金条。

美佳和凯瑟琳之所以退出原来的特种兵部队,加入到蓝狼军团,为的就是金钱。蓝狼军团是一个金钱至上的组

织，如今看到这么多的黄金，贪婪的本性更加暴露无遗了。

"我们的东西你们见过了，也该让我们看看你们带来的货了吧？"为首的大胡子问。

"没问题，不过——"美佳提着箱子上前一步，"你们也知道这箱子里的货是放射性极强的物质，如果在没有任何防护的情况下观看，会对人体造成极大的伤害。"

放射性的东西，而且比黄金还贵，听到这里布莱恩似乎猜到了箱子里装的是什么东西——核原料。这个猜想让布莱恩极为震惊，那几个大胡子要核原料做什么呢？莫非是想制造核武器？如果是这样的话，蓝狼军团就是在助纣为虐。

布莱恩的猜测很快得到了验证。他听到美佳说："这个盒子是按照严格的防辐射标准制造的，我建议你们原封不动地将它带走，交给技术人员进行操作。"

为首的大胡子不放心地说："那不行，你们要是在箱子里放了一些烂石头骗我们怎么办？"

凯瑟琳不高兴地说："我们蓝狼军团的口碑你是知道

的,绝不做不诚信的事情,这也是国际上大多数武装组织找我们做交易的原因。"

为首的大胡子沉默了片刻:"好吧,成交!不过,如果你们欺骗我们,后果会很严重的。"

美佳伸手拿过那个装金条的箱子,同时将装有核原料的箱子交给了对方:"你们放一百个心,一回生二回熟,以后咱们还要打交道的。"

交易完成,双方准备离开。布莱恩通过耳机小声地对朱莉说:"他们马上要出去了,咱们跟踪那三个大胡子,其余的人放走。"

"明白!"朱莉简短地回答,目光始终注视着三号仓库的另一侧大门。

布莱恩的决定是正确的,他清楚地知道在只有他和朱莉两个人的情况下,必须抓大放小,直击要害。现在,最重要的事情是不让核原料流入恐怖组织的手中。

美佳和凯瑟琳已经一前一后走出了仓库的大门,那个负责守卫的光头大汉跟在了他们的身后。三个人径直

朝码头外走去。为了掩人耳目,三个大胡子间隔了两分钟才走到门口。他们非常警觉,先是左右看了看,然后才走了出来。不过,这三个大胡子并没有像蓝狼军团那样朝港口外走去,而是朝着和他们相反的方向走去。布莱恩知道那个方向直接通向海港,所以他断定在港口一定有船做好了接应三个大胡子的准备。

机不可失时不再来,布莱恩朝朱莉做了一个手势。朱莉心领神会,迅速持枪冲到三个大胡子的身后,同时大喊一声:"不许动,把箱子留下。"

布莱恩也以最快的速度冲到了三个大胡子的前面,与朱莉一前一后形成了"前截后堵"的阵势。

三个大胡子顿时愣住了,他们没想到这么快就会有人冲出来抢这个箱子。不过,那个为首的大胡子很快便反应了过来,面目狰狞地对布莱恩说:"我早就料到你们有这一手了,先把核原料假装卖给我们,然后再抢回去。"

布莱恩一听便知道大胡子把他和朱莉当成了蓝狼军团的人。于是,他将计就计地说:"没错,这就是我们蓝

狼军团一贯的作风，没有人能活着从我们手里把货物拿走，除非你们能主动把货物交出来。"

"你做梦吧！"为首的大胡子咬牙切齿地说，"对于不守信用的家伙，我们也绝不会客气。"说着，他用手向上一指。

布莱恩抬头看去，这才发现有一个黑洞洞的枪口正对着自己。原来，这三个大胡子没有那么傻，他们早就做好了蓝狼军团会耍赖的准备，提前安排了一名隐藏起来的狙击手。

现场陷入了僵局，布莱恩朝后面的朱莉做了一个开枪的手势，同时身体迅速倒地，朝一个集装箱的后面连续翻滚过去。狙击手连续开了三枪，每一枪都与布莱恩以毫厘之差擦身而过。

朱莉早就明白了布莱恩的用意，在布莱恩躲闪的同时，她突然举起手枪朝提着箱子的那个大胡子就是一枪。子弹击中了这个大胡子的小腿，他的腿一抖，跪在了地上。朱莉还没有冲过去把箱子抢过来，为首的大胡子便

拎起箱子和另一个大胡子拼命地向码头的方向跑去了。

狙击手又连续发射了几枪，将布莱恩压制得抬不起头来，以此来掩护自己的同党撤退。朱莉将枪举起朝着狙击手连续发射，将其逼得从高处跳下来，一边跟随那两个大胡子一起撤退，一边转身射击。

布莱恩和朱莉没有时间顾及那个被射伤的大胡子，奋力朝逃跑的那三个人追去。为首的大胡子朝跟在身边的手下喊："快将追来的人拦住，我带着箱子先上船。"

两个手下听到命令，分别隐藏在一个集装箱的后面，一个端着狙击枪，另一个举着手枪朝布莱恩和朱莉射击。子弹贴着朱莉的脸颊飞过，她闪身也躲到了一个集装箱的后面，快速地换上一个装满子弹的弹夹。枪口慢慢地从集装箱后面伸出来，紧跟着朱莉也探出了半个头。她没有看到敌人的身影。

"朱莉，你去追那个拿着箱子逃跑的大胡子，这里交给我。"布莱恩担心核原料被运走，所以急忙对朱莉大喊。

朱莉点点头，将枪口收回，一转身朝侧面跑去，他

要抄到逃跑的大胡子的前面去。为了掩护朱莉的追击,布莱恩朝那两名敌人的位置连续放了几枪,以便吸引他们的注意力。布莱恩的微型冲锋枪射击速度快,使用灵活,在这种布满集装箱的地方发挥出了明显的优势。

可奇怪的是,布莱恩只看到了一个人在对他进行反击,而另一个人则毫无反应。正在纳闷之际,他好像听到身后有脚步声传来,脑子里瞬间闪过了一个念头——另一个敌人正在从一侧朝自己的后面绕过来。

布莱恩并不慌张,他知道在这种情况下越是恐慌,也就越容易处于被动。布莱恩轻轻地转过身,后背紧贴着集装箱,等待着敌人的出现。几秒钟后,敌人先是将枪口从侧面露了出来,布莱恩本可以一把抓住这支枪,但是他没有那样做,而是将微型冲锋枪的枪口对准敌人将要现身的位置,做好了射击的准备。

敌人很狡猾,并没有急于出现,露出枪口也是他的投石问路之计。在没有转过集装箱的直角弯之前,对于两侧的人来说,另一侧的情况永远都是未知数。

第十章

神勇少年

在沉寂了几秒钟之后,敌人的枪口终于继续向前移动了。布莱恩知道这是敌人在往前走,于是手指紧紧地贴在扳机上,随时做好扣动的准备。布莱恩最先看到的居然是那个人的大胡子,因为他下巴上的胡子很长,而且向前翘着,所以胡子率先露出来。

这时,布莱恩突然改变了注意,他猛地伸手一把揪住了这个人的大胡子。敌人万万没有料到自己的大胡子竟然成为了对方攻击的目标,被拽得差点儿摔倒在地。布莱恩紧接着将枪口顶在了大胡子的身上:"别动,子弹可不长眼。"

大胡子把枪丢在了地上,双手举过头顶,却面无惧色,目光游离,不知道在看哪里。布莱恩甚至看到大胡子的脸上露出了一丝得意的笑,他从这微妙的笑中看出

了故事——肯定是另一个敌人已经转到了他的身后。

这个大胡子脸上的表情暴露了太多的信息,也将把自己送上绝路。布莱恩快速地转到大胡子的身后,把他当成了挡箭牌。他的动作太及时了,因为敌人的子弹几乎和布莱恩转动的动作是同时射出的,只不过这颗子弹葬送的是大胡子的性命。

布莱恩本想放大胡子一条生路,可是造化弄人,他却偏偏又阴差阳错地死在了自己人的枪口之下。敌人的狙击手没有想到这颗子弹会击中大胡子,不过这丝毫没有影响他打响第二枪。第二颗子弹紧跟着朝布莱恩射来。布莱恩将身体侧过来,藏到了大胡子的身后,就这样大胡子又为他挡了第二枪。

两枪均未射中布莱恩,这让敌人的狙击手失去了大好的机会。而在如此近的距离内,狙击枪与冲锋枪相比毫无优势可言。不过,敌人的狙击手倒是很有自知之明,清楚地了解自己手中的武器应该在什么距离上才会占据优势。于是,他在发射了两枪之后便快速地转身,闪到

了集装箱的另一侧。布莱恩推倒挡在身前的大胡子，朝敌人的狙击手追来。两个人在集装箱之间展开了一场"猫鼠大战"。

此时，朱莉已经穿过一片片的集装箱，绕到了那个提着箱子的大胡子的侧面。大胡子一只手提着箱子，跑动起来身体的协调性严重受到影响，所以速度比朱莉慢了很多。别看朱莉是女生，但是出手绝对比布莱恩还要干净利落。枪的子弹早已上膛，朱莉在行进间将枪举起，朝着大胡子便是一枪。大胡子将箱子挡在了身体一侧，这颗子弹正好射在箱子上。朱莉不由得倒吸了一口凉气，因为布莱恩已经告诉她箱子里装的是核原料，如果把箱子打坏就会发生核泄漏。

就在朱莉迟疑之际，大胡子转手就是一枪。这一枪正中朱莉的左手腕，朱莉手中的枪随即掉落在地上。大胡子趁机提着箱子快速朝港口跑去，眼看就快跑到港口了。突然，一个壮实的少年从集装箱后面跳出来，一下子把大胡子扑倒了。紧跟着，又有一个细脖子大脑袋的

少年冲上来，夺过了大胡子手中的箱子。朱莉不知道这两位少年是从哪里冒出来的，也搞不清这两位少年是跟谁一伙的，但还是立刻冲上去将枪口顶在了大胡子的脑袋上。那位壮实的少年死死压在大胡子的身上，而大脑袋的少年却提着箱子站在朱莉的身旁。他们并没有拿着箱子逃跑的意思，看来是来帮助朱莉的。

"你们是谁？"朱莉问。

"我是大头！"

"我是小胖！"

"我们都是夏雪的同学。"

朱莉这才清楚了两位少年的身份。现在她无心去问他们为何来到这里，因为最重要的事情是拿着箱子赶快离开。

"快帮我把这个大胡子捆起来。"朱莉说。

小胖和大头赶紧动手将大胡子的腰带和裤子脱掉，把他的手脚都捆了起来，拖到了一个集装箱的后面。

"布莱恩，我是朱莉，箱子已经拿到，赶快撤退！"

朱莉通过对讲系统呼叫布莱恩。

布莱恩正和敌人的狙击手在集装箱间周旋，突然耳机里传来朱莉的声音，他立刻答道："明白，港口外的停车场见。"说完，布莱恩转身快速地在集装箱间穿梭着向港口外的停车场跑去。

敌人的狙击手则弄不清是什么状况，在搜寻了几分钟后，没有发现布莱恩的身影，便向港口跑去和大胡子会合了。可是，他没有想到的是装有核原料的箱子已经被抢走，而自己能找到的只是被捆住手脚的大胡子。

当朱莉提着箱子，带着小胖和大头跑到港口外的停车场时，布莱恩早就发动了越野车在等着他们了。

"快上车！"布莱恩冲他们喊。

朱莉打开车门，提着箱子坐到了副驾驶的位置。小胖和大头则从两侧的车门坐到了后面。

"这两个小鬼是谁？"布莱恩还没弄清是什么状况。

"快开车，路上再跟你解释。"朱莉一边说着，一边

从副驾驶前面的盒子里取出一卷消毒纱布,往自己的左手腕上缠。

在码头内,敌人的狙击手好不容易才找到被捆绑的大胡子。他将大胡子的手脚解开,塞在口中的东西也被拿了出来。"咱们的箱子呢?"他问大胡子。

"被蓝狼军团抢走了。"大胡子一边提着裤子,一边气愤地说,"蓝狼军团真是太可恶了,骗走了咱们的黄金,又抢回了核原料。他们肯定是想把这些核原料再卖给别人,赚更多的钱。"

"那咱们怎么办?"狙击手问大胡子。

大胡子拧着眉头,叹了一口气说:"还能怎么办,就凭咱们几个人根本抢不回核原料,还是回去向老大报告吧,让他出面找蓝狼军团讨回公道。"

那个在一开始被射伤小腿的大胡子,此时也拖着瘸腿赶来了。他们进入提前停靠在码头的一艘快艇内,平静的海面被冲出一条水道,快艇很快便消失在了海平面上。

在公海中,一艘大型的渔船上,站在船舷的人手拿

望远镜看到了一艘快艇以冲锋的状态驶来,急忙转身跑去船舱报告:"老大,他们回来了。"

这位老大便是恐怖组织的头目,也就是他派那几个大胡子去和蓝狼军团交易的。他稳如泰山地坐在船舱里,等待着期盼已久的核原料。只要能拿到这些核原料,他便可以将其制造成核武器,去消灭自己的对手了。

"老大,我们的核原料被蓝狼军团抢回去了。"

可惜,这位老大等到的不是喜讯,而是令他无比恼火的坏消息。他猛地站起来,朝着带队的大胡子就是一脚,大骂:"一群废物,黄金没了,核原料也被抢回去了,留着你们还有什么用!"说着,他朝左右使了一个眼色。几个彪形大汉抓住大胡子和他的两个手下就要往外拖。

大胡子吓坏了,他知道老大这是要把他们扔到海里去喂鱼。他苦苦哀求道:"老大,放过我们吧!这都是因为蓝狼军团那帮家伙太不讲信用了,拿了钱还要把货抢回去。"

老大的手紧紧地攥着椅子的扶手，咬牙切齿地说："我要让他们加倍返还。"然后，他大手一挥示意左右的人放开大胡子和他的两个手下。

"我会亲自出面找蓝狼军团谈判的。"老大对贴身的保镖说，"选十个精明强干的兄弟跟我走。"

"是！"

贴身保镖立刻转身去执行命令，没多久便从船舱后面走出了十个身穿黑衣的壮汉。他们的手里都拿着最先进的单兵武器，有MP5冲锋枪、勃朗宁大威力手枪、SVD狙击步枪、SSG2000式狙击步枪等。老大带领这些精干的手下换乘了一艘小船朝海港驶去。他曾经跟众多的军火商人打过交道，至今还没有一个人敢跟他玩"黑吃黑"，这口气要是不出，他是不会善罢甘休的。

第十一章

复仇行动

再说美佳和凯瑟琳。她们从三号仓库里提着一箱子金条走出来之后，径直开着车回到了蓝狼军团的基地。没过多久，布鲁克也带着其他几个人回来了。

"你们的交易还顺利吗？"一进门，布鲁克便迫不及待地问美佳和凯瑟琳。

美佳没说话，而是打开了摆在面前的箱子。耀眼的金光令刚刚归来的布鲁克和其他几个人露出了贪婪的嘴脸。

"好多金条呀！没想到那么一小块核原料就能换来这么多金条，太值了！"巴图是最贪婪的一个，他搓着手有一种想将金条占为己有的冲动。

布鲁克上前一步把箱子盖上，他知道这些爱财的家伙都会和自己一样想拿几块金条放进自己的腰包里。可是，作为蓝狼军团的成员，他们必须遵守组织的规定。

"这些金条要原封不动地交给上级,我们的账户里会按照功劳的大小存进去钱。"说着,布鲁克将箱子锁进了保险柜。

布鲁克没有等到上级派来的人来取金条,却接到了上级的指责。一条密电质问布鲁克为何擅作主张,拿了买家的钱,而又把核原料抢了回来。原来,买家已经和蓝狼军团的首领开始谈判了。蓝狼军团的首领答应买家一定要把这件事情调查清楚。

布鲁克一头雾水,赶紧把美佳和凯瑟琳叫来询问。两个人把交易的经过完整地讲了一遍,也不知道核原料到底是谁抢走的。

"这就奇怪了?"布鲁克抬头望着天花板,"肯定是红狮军团干的。"

"对,除了他们还能有谁?"美佳也连连点头,"可恶的红狮军团总是破坏我们的好事儿。"

"招呼大家马上行动,去把东西抢回来。"布鲁克站起身,将刚刚从身上卸下来的武器装备又重新背了回去。

蓝狼军团的队员很快携带好装备，准备出动，不过他们都有一个疑虑，那就是到哪里去找红狮军团。布鲁克似乎并不担心这个问题，因为早就有人秘密地将红狮军团的营地位置向他汇报过了。知道这个秘密的除了布鲁克，还有美佳，因为这一切都是他俩策划的。

夕阳将落，暮色降临，梧桐路135号，朱莉和布莱恩已经拿着装有核原料的手提箱回到了营地。在进院子之前，布莱恩叫了一辆出租车把小胖和大头送回了学校。

这两个家伙是怎么跑到码头去的呢？原来他们趴在窗户上看到豹子和夏雪从学校的大门急匆匆地跑出去，便也按捺不住地跟了上来。只不过，这两个人在路上把夏雪和豹子跟丢了一段路程，好不容易才找到梧桐路135号。

小胖和大头到达梧桐路135号的时候，赶往机场的那几位"红狮军团"特种兵刚刚离开，院子里只剩下布莱恩和朱莉了。他们两个藏在马路对面，观察着这个神秘的院子，想看看到底会有什么事情发生。

不久，小胖和大头看到布莱恩和朱莉都提着一个黑色的手提袋从院子里走了出来，神情很紧张的样子。大头的大脑袋不是白长的，他眼珠一转对小胖说："看样子，他们肯定是要去执行任务。"

"那咱们跟着去看看。"小胖想看看战斗的场面。

布莱恩和朱莉开着越野车出发之后，小胖和大头打了一辆出租车紧跟在后面。出租车一直跟踪到码头外的停车场，小胖和大头掏光了口袋里所有的钱才凑够车费。这两个小子一直悄悄地跟在布莱恩和朱莉的身后，目睹了发生的一切。聪明的大头决定和小胖一起提前埋伏在通往港口的路上，于是就发生了后来的一幕。

现在，布莱恩和朱莉看着眼前这个装有核原料的手提箱，不知道该如何是好。核原料有高强度的放射性，如果人体不慎接触就会有生命危险，所以他们根本不敢打开一看究竟。正当朱莉和布莱恩犹豫该把这个箱子藏在哪里时，亨特和秦天他们几个推开院子的大门进来了。一进屋，劳拉就看到了朱莉受伤的手，关切地问："发生什么

事情了？"

朱莉指着放在地上的箱子说："你们刚走不久，我和布莱恩便接到了命令去阻止蓝狼军团的邪恶交易，在码头发生了一场战斗，抢回了这个装有核原料的箱子。"

亨特听了朱莉的话，不由得皱起了眉头，咬着嘴唇好像在思考着什么。今天发生的事情连在一起，一条模糊的线索便浮现出来。他们先是接到蓝狼军团要劫持飞机的情报，而当他们刚刚离开营地，红狮军团的卫星监控中心便监控到了蓝狼军团的交易，这绝不是巧合！

"蓝狼军团一定在使用调虎离山之计，幸亏咱们没有都去机场。"秦天也是这样分析的。

索菲亚一只手托着下巴，食指不停地轻敲着脸颊："这样说来，蓝狼军团是故意把劫机情报泄露给那个外号叫豹子的高中生的。"

亚历山大气愤地说："我早就看出豹子那臭小子是在

骗我们了。"

秦天为豹子辩护:"那个高中生肯定也被蒙在鼓里,咱们不能怪他。"

劳拉来到窗前,准备拉上窗帘,以防外面的人看到屋里的情况。就在劳拉将窗帘拉到一半的时候,突然看到几个黑影翻到了院墙上。

"不好,有人跳进院子来了。"劳拉大喊了一声,同时猛地一下把窗帘全部拉上。

"砰!"就在劳拉刚刚把窗帘拉上的时候,一颗子弹穿透玻璃飞了进来。劳拉来不及躲闪,这颗夺命子弹正中她的头部。劳拉连一声惨叫都没有发出,便一头栽倒在地上。

"劳拉!劳拉!"秦天翻滚到劳拉的身边,一把将其抱在怀里。看着鲜血从劳拉的额头流出,秦天咬碎了钢牙,拎起枪就要往外冲。

亨特一把拦住了秦天,大吼:"你快背着劳拉从暗道出去,送她到医院急救。这里交给我们来对付。"

秦天将劳拉背上后背，就要往后面的屋子跑。布莱恩拦住秦天："蓝狼军团肯定是冲着这个箱子来的，把这个也带上。"

秦天提上装有核原料的箱子，背着劳拉冲到后面的屋子里。在这间屋子里，他按下墙壁上的一个按钮，地板上很快出现了一个洞口。秦天背着劳拉走进洞里，洞口又慢慢地闭合了。

劳拉的头一直在流血，双眼紧紧地闭着。秦天摸了摸她的手，凉得像刚从冰箱里取出来的水果。这条暗道一直通到后墙外面，秦天一路狂奔，从密道中爬了出来。四周一片漆黑，秦天背着劳拉朝大街上跑去，拦了一辆出租车直奔医院。

在屋里，红狮军团纷纷拿起武器做好了战斗的准备。亨特已经将屋里所有的灯都关闭了，这样敌人便不会从外面看到他们了。

"见鬼，蓝狼军团怎么知道我们的营地在这里的？这可是绝对的机密。"索菲亚小声地对身旁的亨特说。

"我不是说过了吗？"身后的亚历山大插嘴道，"今天那个叫豹子的小子刚刚来过这里，肯定是他把这个秘密报告给了蓝狼军团。"

虽然亨特原来不相信豹子会这样做，但是经过今天发生的一系列事情，他也开始怀疑豹子了。可是，豹子为什么要这样做呢？除非……

"嘭！"亨特正思考着，突然一个铁家伙砸碎玻璃，落入了屋子里。

"嘶——"紧接着，一阵令人毛骨悚然的声音响起。他们对这个声音再熟悉不过了，这是手雷爆炸前火药燃烧的声音。

亚历山大冲到手雷前，一把将其抓起，抡圆了胳膊朝窗外扔去。手雷刚刚扔出窗户，还没有落地，便传来一声巨响。窗户上的玻璃被震碎，朝屋内飞溅，如同一个个手雷爆炸后的弹片，带有极强的杀伤力。红狮军团趴在地板上，玻璃碎片溅落到他们的周围，有的人身上被划出了一道道血痕。

在屋外，布鲁克带领蓝狼军团分散在不同的方位，准备对屋里的人发起强猛的攻势。这次行动，他们不仅仅是为了夺回核原料，更是为了夺回尊严。

第十二章 人去屋空

布鲁克率领蓝狼军团在屋外进行了周密的战术部署。他们将以三个步骤展开进攻：第一个阶段是爆破攻击，也就是以高爆手雷、烟雾手雷和闪光手雷为主攻武器，向屋内投掷。屋内是封闭空间，这三种手雷的威力将得到最大效能的发挥。第二个阶段是突击进屋，用轻武器的火力对屋内人员进行杀伤。在手雷的威力发挥之后，蓝狼军团将佩戴防毒面具从门窗突入室内，长枪短炮齐发并用。第三个阶段是夺回核原料。在红狮军团被射杀或制服之后，蓝狼军团会在室内进行搜索，将核原料夺回，以雪码头之耻。

布鲁克认为自己制订的这个进攻计划天衣无缝，此刻他正指挥手下从不同的方位开展第一个阶段的攻击。他从腰间摘下一枚高爆手雷，将拉环拽下。不过，这次

他没有急于将手雷投进屋里,而是听着火药燃烧的声音,默默地数着秒数。当数到第五秒的时候,布鲁克才扬起手将手雷扔进了屋里。

"轰!"

手雷刚刚落入屋内便传来了一声巨响。布鲁克之所以这样冒险地投掷手雷,就是为了防止红狮军团的人还有时间把手雷扔出来。这枚手雷在几十平方米的一间屋子里爆炸,被炸开的弹片急速飞出,犹如一枚枚出膛的子弹,向四面八方飞溅而去。布鲁克判断里面的人肯定已经遍体鳞伤了。

美佳如同一个影子一般,紧紧地贴在墙壁上,好像和墙壁完全融为一体了。至今,就连美佳的队友都不知道她是如何掌握如此奇妙的隐身本领的。一枚烟雾手雷拿在美佳的手中,她把拉环套在食指上,猛地向屋里一抛。烟雾手雷冲破玻璃,落到地板上,滚到了索菲亚的脚下。一股股浓烟从烟雾手雷中冒出,烟雾中含有刺激呼吸道和神经系统的有毒物质。索菲亚赶紧从挎包中掏

出防毒面具，从头顶向下套去，罩住了整个面部。索菲亚感觉到氧气明显不足，于是深深地吸了一口气。混杂着有毒烟雾的空气从防毒面具前面的一个猪鼻子形状的过滤器进入，经过过滤材料的吸附，索菲亚呼吸到了新鲜的氧气。没等索菲亚再吸一口令人陶醉的氧气，一片闪光便出现在她眼前，顿时她的眼睛感觉到一阵刺痛，瞳孔急速收缩，便什么也看不到了。这枚闪光手雷是泰勒刚刚扔进屋里的，他双手持枪，做好了冲进屋里的准备。

在完成了第一阶段的爆破攻击后，布鲁克将大手向前一挥，蓝狼军团的队员们立刻明白了其中的含义。虽然是一名女队员，但凯瑟琳丝毫不逊色于任何一名男队员，她竟然第一个攀上窗台，从窗户翻进了屋里。

美佳就像一只壁虎，身体紧贴在墙壁上，三下两下就爬到窗户前，如同一股烟雾般飘进了屋内。布鲁克则一脚将门踹开，枪口快速地伸进屋里，在枪体上方有一盏战术灯，光柱照射进黑洞洞的屋里，搜寻目标。随着

一道道光柱的照射，屋里的每一个角落都被搜遍了，却没有发现一个红狮军团的人。

艾丽丝找到了电源开关，"啪"的一声将灯打开，屋内顿时变得通明。屋里烟雾缭绕，还弥漫着毒气的味道。在这间被用作客厅的屋子后面，还有几间卧室。布鲁克示意大家分散开来，做好室内战斗的准备。他从枪管前方卸下刺刀，紧紧地握在手中，一步步地朝里面的卧室走去。每一间卧室的门都是关着的，里面充满了未知数。

前两间卧室的门互相对着，位于走廊的两侧。布鲁克站在左侧的门前，泰勒站在右侧的门前，其他人则自然地分成了两队，跟在他们的后面。

"嘭！"布鲁克和泰勒几乎是同时把这两间卧室的门踹开的。门被踹开之后，两个人都没有急于冲进去，因为这是极其愚蠢的自杀式行为。位于布鲁克身后的艾丽丝和位于泰勒身后的巴图，分别将一枚高爆手雷投进了屋里。如果屋内有人的话，这两枚手雷足以将他们置于死地。随着两声巨响，手雷在两间卧室里炸开了花，两

侧的人才快速地冲进屋里，背靠背形成攻防兼备的三人战斗队形。

左侧的房间内，布鲁克、艾丽丝和美佳仔细地搜寻着床下、衣柜，没有发现一位红狮军团队员的身影。右侧的房间内亦是如此。红狮军团的人跑到哪儿去了？布鲁克一头雾水，他带领队员们继续搜寻其他的卧室，结果同样令他失望。人没有找到是次要的，关键是要找到那个装有核原料的手提箱。

布鲁克命令道："美佳，你和凯瑟琳负责警戒，其他人分头寻找手提箱。"

美佳和凯瑟琳快速地走到窗口，警觉地观察着窗外的一举一动。布鲁克是聪明的，他这样的部署非常明智。如果红狮军团杀个回马枪，他们就会变主动为被动，成为瓮中之鳖，所以需要严密地警戒。

蓝狼军团分头在每一间屋子里翻箱倒柜地寻找，屋里变得一片狼藉，如同废品收购市场。尽管他们找遍了每一个角落，但是并没改变他们从失望到绝望的结局。

"真是见鬼了！红狮军团到底是从哪里撤退的。"布鲁克将摆在桌子上的一个相框狠狠地摔在地上，一张照片被碎玻璃压在了下面。布鲁克还不解气，用陆战靴踩到上面来回地碾动，直到这张照片面目全非为止。

这是秦天最珍爱的一张照片，也是他唯一会摆出来，每天都看一遍的照片。这是一张合影，他和孤儿院里一起长大的那位姐姐唯一的合影。每天早晨第一眼看到这张照片，秦天都会在心里问姐姐在天堂过得还好吗？

艾丽丝无意间将手触摸到墙壁上，她感觉到墙上好像有一个可以按下去的按钮，于是便毫不犹豫地按了下去。布鲁克感觉脚下的地板好像在动，他还来不及反应，便径直掉了下去。

"这里有一个暗道。"布鲁克并没有摔疼，抬头朝上面大喊。

这是一个意外的发现，蓝狼军团纷纷进入暗道朝前面追去。他们终于明白红狮军团是从哪里撤退的了。蓝狼军团顺着密道向前追，发现在密道的地面上有斑斑点

点的血迹，而且这血迹从入口到出口一直没有间断过。细心的艾丽丝断定红狮军团中肯定有人身负重伤，所以一定会被送往了距离这里最近的医院。

"距离这里最近的医院在哪里？"布鲁克问。

凯瑟琳启动手机中的导航软件，搜索附近的医院，不足两分钟便得到了结果。她说："最近的医院距离这里只有两千米，地点在橡树大街与梧桐路的交叉口。"

"走！红狮军团的伤员肯定在这家医院。"布鲁克说完转身朝院子的前面走去，其他人紧随其后。院子的外面放着他们的一辆防弹突击车。这辆车是加长型的，可以坐下十个人，车厢是厚厚的钢板，玻璃也是经过特殊处理的防弹玻璃。这辆加长型的防弹突击车在街灯的照映下，拖着长长的影子，急速向距离这里最近的那家医院——金盾医院驶去。

第十三章 医院避险

蓝狼军团的判断是正确的，秦天背着劳拉跑出密道之后，便拦下一辆出租车直奔金盾医院了。劳拉的伤势危急，随时会有生命危险，所以必须选择最近的医院进行抢救。出租车还没有停稳，秦天便打开车门，背起劳拉朝金盾医院的急救中心跑去。当然，他的手里没有忘记提着那个装有核原料的手提箱。

"医生，快救救她！"秦天从来没有这么慌张过，他用哀求的语气对急救中心的医生说。

"她怎么了？"医生问。

"她中弹了，求求你快进行抢救。"秦天的眼神里充满了祈求的目光，心脏以超过平时一倍的速度跳动着。

医生看了看劳拉的伤口，对身边的两个护士说："马上推进手术室进行手术。"

"是!"两位护士迅速地推来移动病床。

秦天将劳拉轻轻地放在病床上,看着护士急匆匆地将她往手术室的方向推去。他本想跟着一起进入手术室,却被护士拦住了。秦天只好隔着玻璃,看着劳拉消失在手术室走廊的尽头,各种滋味瞬时涌上心头。

此时,秦天才想起自己手里还提着装有核原料的箱子。他判断蓝狼军团很可能会找到这家医院来,如果和他们面对面的碰到,不仅箱子会被抢走,就连劳拉的生命也会有危险。不过,最危险的地方也是最安全的地方。秦天灵机一动,走到护士站对值班的护士说:"请问,医院有帮助病人家属保存东西的地方吗?"

护士正低头忙着填写医疗记录,连头也没抬,随口答道:"我们有一项收费保管的业务,每天的收费是50元。"

"没问题!"秦天暗自高兴,把箱子放在了护士面前,"我寄存这个箱子。"

"先交100块钱的押金,取走箱子的时候再结算。"护士说话的时候,还是没有抬头,手里依旧刷刷地写着字。

秦天的心里很急,但是他尽量克制自己,以免被护士怀疑。他掏出100块钱放在护士的面前说:"这是押金。"

护士随手打了一张收条:"取东西的时候把这张收条拿给我。"

"拜托你先把我的箱子放起来,好不好?"秦天见护士还在忙着手中的事情,便很有礼貌地催促道。

护士终于抬起头:"你放心吧,丢不了的。"不过,她还是放下了手中的笔,从桌子上拿起一大串钥匙走向一间屋子。

"还有一件事情要请你帮忙。"秦天对刚刚从那间屋子里走出来的护士说,"如果一会儿有人来这里打听是不是正在抢救一名受了枪伤的病人,你就说没有。"

护士终于对秦天产生了怀疑,问:"你到底是什么人?我为什么要撒谎?"

"没时间跟你解释。"秦天贴近护士小声地说,"总之,你照我说的做就行了。不然,将会有一场大的灾难降临。"

护士没有理解秦天的意思,她看秦天满身是血,一副凶巴巴的样子,以为秦天是在威胁她。于是,她开始变得有些害怕了,点点头说:"好吧,我照你说的做。"

秦天跟护士交代完,走到手术室的门外,静静地向里面看了几秒。他知道蓝狼军团很快就会赶到了。尽管他想一直这样静静地守候在门外,等待劳拉的消息,但秦天还是转身躲进了旁边的安全通道里。

电梯停在十三层,几个气势汹汹的人走了出来。他们的手里拿着各式枪支,把医院里的人吓得四处躲藏。根据传来的嘈杂声,秦天判断蓝狼军团已经找到了这里。他躲在安全通道的门后,偷偷地观察着里面的情况,一旦他们发现了劳拉,秦天便会冲出去。

"你们这里不久前有没有受枪伤的病人被送过来?"布鲁克把卡宾枪往护士站的台子上一放,两只牛眼瞪着刚才在抄写治疗记录的护士。

护士想起了秦天刚才跟她说的话,急忙摇头,用颤抖的声音说:"没……没有!"

"你在撒谎！"布鲁克把枪口顶在了护士的头上，"信不信我一枪崩了你。"

"哇——"小护士竟然被吓得大哭起来。

秦天知道小护士的心理防线已经崩溃，马上就会如实地向蓝狼军团交代了。

"呜——呜——"小护士的哭声变得呜咽起来，"我没骗你们，你们别杀我！"

秦天真是没有想到小护士看上去柔弱，但在关键时刻还真没有掉链子。

"呜哇！呜哇！呜哇——"

突然，一阵阵急促的警笛声响起，看来正有大规模的警车朝这里赶来。原来，一名躲进病房里的医生早就掏出手机，拨通了报警电话。

蓝狼军团听到连成一片的警笛声，决定马上撤离医院。他们并不是害怕警察，区区几个警察他们根本不放在眼里，只不过他们不想把事情闹得太大。另外，布鲁克认为小护士不敢对他撒谎，因为他觉得如此柔弱的一

位女生在面对死亡威胁的时候,是不会为了一个不相干的人牺牲自己的。

"咱们走安全通道。"布鲁克说,"走电梯会和警察遇到一起的。"

蓝狼军团在布鲁克的带领下急匆匆地朝安全通道走去。秦天一直藏在这个安全通道的第一扇门后观察着里面的情况,见蓝狼军团朝这里走来,赶紧顺着楼梯向下跑去。

布鲁克推开通往安全通道的第一扇门,刚刚迈进去一只脚,便示意后面的人停下来。

"怎么了?"泰勒不解地问。

"你们听,好像有人从这里跑下去了。"

其他人竖起耳朵,屏住呼吸,但是并没有听到任何脚步声。布鲁克摇摇头:"奇怪,刚才明明听到有人往下跑的声音。"

巴图催促:"快撤吧,警察很快就赶到了。"他是个只为金钱而战的家伙,可不想摊上太多的麻烦。布鲁克

带头继续从安全通道中快速撤退，一口气从十三层跑到了一层，然后从一层卫生间的窗户跳出，翻过医院的墙头，火速撤离了。

蓝狼军团刚刚撤离医院，十几名警察便乘坐电梯，持枪核弹地冲到了医院十三层的急救中心。

"匪徒呢？"带队的警察冲上来就问。

小护士指着安全通道："从那儿跑了。"

"追！"带队的警察一头冲进安全通道。

秦天既不想见到蓝狼军团，也不想遇到这些警察。此时，他正藏在十二层的一间病房里。蓝狼军团进入安全通道的时候，布鲁克听到的的确是秦天的脚步声。秦天非常聪明，没有沿着安全通道一直跑下去，而是从十三层跑到十二层以后，便一转弯进入了十二层。秦天见一间病房的门开着，便一闪身躲了进去，直接进入了病房里的卫生间。病房里有一位住院的老人和一个护工，他们背对着门，都没有发现秦天进入了房间。

秦天静静地躲在卫生间里，听着外面的警笛声越来

越近，然后停止了鸣叫。他知道警察已经赶到，而蓝狼军团肯定也撤离了。不过，秦天并不想马上出去，他要等警察离开。果然，没过几分钟，警笛再次响起，声音越来越远。秦天知道这时警察已经去追逃跑的蓝狼军团了，这才从十二层的病房里蹑手蹑脚地走了出来。

秦天迫不及待地向十三层的急救中心跑去，因为他一直在担心劳拉的安危。刚刚从安全通道的那扇门跑出来，小护士便迎面冲到了秦天的面前。

"可找到你了！"小护士一把抓住了秦天的胳膊。

秦天变得异常紧张，机敏地向四处打探，向小护士问道："那群坏人和警察都走了吗？"

"走了！走了！"小护士拉着秦天的胳膊焦急地说，"你女朋友失血过多，需要马上输血，可是医院的血库里已经没有她这个血型的血了。"

秦天没时间跟小护士解释他和劳拉的关系，反过来双手抓住小护士的肩膀问："她是什么血型？"

小护士被秦天抓得很痛，龇着牙说："O型血。"

秦天立刻挽起袖子说:"我就是O型血,快带我进去给她输血。"

小护士拉着秦天的胳膊转身就往手术室跑:"医生,他就是O型血。"一进门,小护士就大声地朝正在做手术的医生喊。

医生正在手术台前"全副武装"地进行手术,他抬起头对小护士说:"马上给他抽血化验,进行血型的确认。"

秦天冲到医生面前:"不用化验了,我百分之百是O型血。"

医生摇摇头:"这是医疗规定。"

秦天看到劳拉面无血色,伤口处被开了一个洞。他心急如焚,恨不得自己的血马上就流入劳拉的体内。

"医生,你相信我。"秦天用恳求的语气说,"我曾经是特种部队的成员,我们每个人都清楚地知道自己的血型,以备不时之需。"

这位姓王的医生听秦天说自己曾经是特种兵,便相信了他。"马上给他抽血。"医生对身边的助手说。

第十四章

金蝉脱壳

　　王医生身边的助手立刻取出一根粗粗的橡皮筋,将秦天的上臂紧紧地扎住。秦天的小臂上瞬间出现了突起的血管。针头插进血管,助手将橡皮筋松开,深红色的血液像泉水一样涌进血袋里。秦天根本没有注意自己血管里流出的血,他的目光一直停留在劳拉的身上。劳拉静静地躺在手术台上,双眼紧紧地闭着,嘴唇干白,令人心碎。秦天紧紧地握住劳拉冰冷的手,想传递给她温暖和战胜死神的信心,但不知道劳拉能不能感受到这份力量。

　　秦天的血液开始源源不断地流入劳拉的体内,希望这些血液能携带着生命所需要的能量。王医生正竭尽全力抢救劳拉,额头冒出豆粒般的汗珠。劳拉的伤情不容乐观,哪怕是丝毫的差错,都会有生命危险。淤血被不断地清理出来,秦天似乎感觉到劳拉的体温

在不断升高。

医生用一只小镊子慢慢地从劳拉的体内取出了一枚弹头，放到了秦天的手中。秦天看着这枚变形的弹头，在衣服上擦去血迹，放进了口袋里。子弹本无邪恶与正义之分，它掌握在坏人的手中便成了助纣为虐的武器，掌握在好人的手中便充满了正义的力量。

"把病人推进重症监护室，24小时严密监护。"放下手术刀，王医生摘下口罩，长长地出了一口气。

护士推着做完手术的劳拉向重症监护室走去。秦天紧紧地跟在后面，却被护士挡在了重症监护室的门外："重症监护室是无菌病房，请你在外面等候。"

无奈，秦天只好坐在重症监护室外的一条长椅上。他刚刚坐下，口袋里的手机便振动起来，掏出手机一看，原来是夏雪发来的短信："秦天，你在哪儿？听说你们的营地遭到袭击了，你还好吗？"

秦天的脑袋中出现了一个大问号：夏雪身处校园，是怎么在如此短的时间内知道这件事情的？他立刻给夏

雪回了一条短信："你是怎么知道的？"

很快手机便再次振动起来，是夏雪的第二条短信："豹子告诉我的。"

又是豹子，莫非他又监听到了蓝狼军团的电台通话。"哼哼！"秦天冷笑了一声，他已经想到了背后的真相。蓝狼军团是故意把电台频道暴露给豹子的，是想利用他来向红狮军团传递假情报，诱骗红狮军团中计。

红狮军团的营地是绝对的机密，蓝狼军团不可能查到。这次夜间遭到偷袭，也是因为夏雪把豹子带到了他们的营地，而豹子又把这条绝密的信息报告给了蓝狼军团。想到这里，秦天不禁又有了新的疑问——豹子为什么要这样做呢？莫非他和蓝狼军团是一伙的？

不可能，绝不可能，秦天马上否定了自己的想法。豹子只是一名爱好军事的普通高中生，绝不可能与蓝狼军团走到一起。那么，原因只可能有一个，也就是豹子的意识被蓝狼军团控制了。怪不得豹子的眼神看起来总是怪怪的，一副魂不守舍的样子。

"喂！你没事儿吧？"秦天正低着头苦思冥想，突然温柔的声音在他的耳边响起。原来是那个护士站的小护士，她不知道什么时候走到了秦天的身边。

"我没事儿。"秦天抬起头朝小护士笑了笑。他发自内心地感谢这位小护士冒着生命危险，帮他骗过了蓝狼军团。"谢谢你帮了我，真没想到你那么勇敢。"

"你可别小看我。"小护士坐在秦天的身旁，"我是外表柔弱，内心强大。"

这时，秦天的手机又振动起来，信息依然是夏雪发来的："能告诉我你在哪儿吗？我想和豹子、小胖，还有大头一起去找你。"

这条信息让秦天更加坚定了自己的判断。他没有回信息，而是将手机直接关闭，然后问身边的小护士："你可以再帮我一个忙吗？"

小护士看着秦天的眼睛，说："你要先回答我一个问题。"

"什么问题？"

"你到底是什么人?"

秦天停顿了几秒钟,说:"你最好还是不要知道。不过,我可以告诉你,我们只为正义而战。"

"好吧!我相信你。"小护士看着秦天,"你的脸上写满了正义,而那些冲进来要找你的人则一脸贪婪和邪恶。"

秦天压低声音说:"现在,我要带着我的朋友离开这里,不过那个箱子要暂时放在这里保管。所以,请你帮我看好那个箱子,不要告诉任何人它的存在。"

"帮你保管箱子没问题,可是你的朋友还在昏迷中,就这样带走会很危险的。"小护士关心地说。

"你放心,离开这里我会马上把她送往更安全的地方进行救治。"秦天站起身来,"记住千万不要打开那个箱子,否则会有生命危险。"

最后这句话把小护士吓了一跳,她点点头说:"我会把箱子藏好的,你放心!"

"拜托你把我的朋友从重症监护室里推出来。"秦天

警觉地朝四周看了看,"我在这里等你。"

小护士推开门,朝重症监护室里走去。

秦天躲在角落里,通过对讲系统开始呼叫亨特:"亨特,我是秦天,听到请回答。"

亨特带领队员们从梧桐路135号撤退之后,正急匆匆地赶往他们另外的一个营地。他听到秦天的呼叫后,马上回答:"秦天,我是亨特。劳拉怎么样了?"

秦天回应道:"劳拉刚刚做完手术。蓝狼军团随时会再次找到这里,你马上派人开车到金盾医院的门口等我。我们把劳拉转移到红狮军团的后勤医院。"

"明白!"亨特马上命令,"布莱恩,你马上开车去金盾医院接应秦天。"

布莱恩和劳拉是老朋友,也是战斗行动中的老搭档。他一直在担心劳拉,于是接到命令后立刻开车前往金盾医院。

小护士已经将劳拉从重症监护室里推了出来。秦天还是很不放心,又找小护士借了一套白色的工作服穿在

自己的身上,这才推着劳拉走进了电梯。电梯的门缓缓地关闭,小护士朝秦天挥手,俨然把他当成了值得信赖的朋友。电梯慢慢地下降,秦天看着红色的数字显示着楼层的变化。在中途,不时有人进入电梯,却没有人关注秦天。

电梯终于停在了一楼,门向两侧展开,里面的人陆陆续续地往外走。秦天推着一张移动病床,所以是最后一个走出去的。当他推着劳拉走出电梯的时候,发现迎面有三个人急匆匆地朝电梯走来。秦天一眼就认出了为首的人,那就是布鲁克,后面的两个人分别是艾丽丝和泰勒。

这三个人并没有发现推着病床的白衣人就是秦天,匆匆忙忙地从他身边擦肩而过。布鲁克冲到电梯旁,按住电梯的按钮,使快要关闭的门重新打开,三个人挤进了电梯里。秦天惊出一身冷汗,加快脚步将劳拉推到了医院门口。一辆黑色的轿车已经停在那里,从车窗里伸出一只手朝他挥舞。秦天将蒙在劳拉身上的

白布掀开，抱起劳拉朝那辆车快步跑去。

布莱恩早就做好了出发的准备，秦天抱着劳拉一上车，他便驾车急速驶离了医院。

第十五章

最新任务

布莱恩驾驶汽车载着秦天和劳拉直奔红狮军团的后勤医院。

"放心吧,我会把劳拉治好,交给你们一个完好无损,甚至是更强大的劳拉。"到达医院后,后勤医院的院长非常有把握地说。

秦天和布莱恩留在这里也帮不上忙,三番五次地叮嘱和感谢院长后,便驱车返回红狮军团的备用营地了。

在备用营地,亨特、亚历山大、朱莉和索菲亚都坐在地板上,枪还没有离手。他们一言不发,就这样静静地坐着。这支红狮军团战斗小队自成立以来,还从未遭遇这样的偷袭,也从未有过如此惨重的代价,每一个人都在反思这次行动的纰漏之处。

"这次我们之所以遭到袭击,问题就出在保密不严

上。"朱莉看了一眼刚刚走进屋里的秦天,"好像故意说给他听。"

"没错!本来我们的营地没有人知道。"亚历山大跟着帮腔,"都怪秦天把夏雪带到过咱们的营地,结果那个豹子也知道了这个秘密。"

"你这话什么意思?"秦天站到亚历山大的面前。

亚历山大猛地站起来,提高嗓门:"我的意思就是说,咱们之所以遭到袭击都是因为你。劳拉受伤,你也要负全部责任。"亚历山大是个直肠子,他心里怎么想就会怎么说,从不会顾及别人的感受。

秦天攥紧的拳头又松开了,他低沉地说:"这件事情的确是因为我的疏漏而起,我向大家道歉。"

布莱恩站到秦天和亚历山大中间,将亚历山大按坐在地上说:"劳拉受伤,秦天心里比谁都难过。大家不要相互指责了,关键是想想下一步该怎么办。"

"下一步,我们要想办法将核原料销毁,不能让它再落入到蓝狼军团的手中。"亨特说到这里转向秦天问道:

"装有核原料的手提箱放到哪里了?"

"一个绝对安全的地方。"秦天压低了声音,"寄存在医院的储物间里。"

亚历山大刚要发表不同的意见,突然电台响起来。红狮军团指挥中心发来了最新的卫星监控情报,这一情报令所有人再次大跌眼镜,因为蓝狼军团的所作所为大大超出了他们的预料。情报显示,蓝狼军团不仅向境外恐怖组织出售可以制造核武器的原材料,还在秘密地开采一座稀土矿山。虽然秦天上中学的时候化学课程学得并不是太好,但是他也清楚地知道什么是稀土——化学元素周期表中的15个镧系元素,以及与镧系元素密切相关的两个元素。

蓝狼军团为什么要秘密地开采稀土矿山呢?原来稀土是世界上非常稀缺的资源,被称为"工业黄金"。更重要的是,稀土是制造先进武器不可缺少的原材料,甚至有的国家专门成立了稀土部队。

"看来蓝狼军团的野心不小呀!"索菲亚眯着眼睛说,"莫非他们想开采稀土,制造出世界上最先进的武

器,横行于世。"索菲亚的担心并非多余,稀土一直是武器制造中最缺乏,也是最抢手的原材料。

亨特宣布了红狮军团指挥中心的命令:"上级命令我们尽快到达蓝狼军团的稀土矿山,将这件事情调查清楚。如果蓝狼军团的确在开采稀土,并进行武器制造,我们必须将其摧毁。"

接到命令,他们立刻展开行动,开始研究通往稀土矿山的道路、地形,以及蓝狼军团在矿山周围的布防。侦察是索菲亚的强项,她登录互联网打开谷歌地图,输入了"布达拉矿山"五个字。电脑的网页快速闪现出了布达拉矿山的俯视图。从网页地图来看,布达拉矿山处于延绵山脉的深处,根本没有道路可以进入。那么,蓝狼军团是如何进入深山开采稀土的呢?他们分析蓝狼军团肯定是通过大型的运输直升机将开采机械吊运进去,而开采出来的稀土也是由直升机运出来的。

朱莉看着电脑上显示的复杂地形,说:"要想进入蓝狼军团的稀土矿山,咱们必须进行精心准备,用上一些

先进的武器和装备,否则很难走到大山深处。"

"可是,我们不能像蓝狼军团那样动用直升机,那样太容易暴露目标。"亨特矛盾地说,"咱们最好还是翻山进去。"

亚历山大坐在一旁昏昏欲睡,他对这些动脑子的问题不感兴趣,不过只要是大家决定的事情,他肯定会义不容辞地去执行。"管他呢!我看咱们还是先睡觉,一切等明天脑袋瓜子清醒了再说。"说话的同时,他伸了一个懒腰。

"好吧!大家都上床去眯一会儿。"亨特转身向卧室走去。

秦天的脑子很乱,虽然身体疲惫不堪,但神经却处于兴奋状态,令他久久不能入眠。他的脑子里不停地闪现着两个人,一个是劳拉,一个是夏雪。劳拉被送入后勤医院,不知道现在的情况有没有好转,她还能恢复到以前的状态吗?秦天之所以想到夏雪,是因为他担心夏雪也会受到蓝狼军团的威胁。既然豹子的意志被蓝狼军团控制了,而夏雪和他又是很要好的同学,说不定豹子

会受蓝狼军团的命令,把夏雪抓起来交给蓝狼军团。总之,秦天一直在牵挂着这两个人,脑子不受控制地乱想。也不知道过了多久,他才迷迷糊糊地睡着了。

当秦天睡醒的时候,他的头一阵剧痛,这种令他痛不欲生的感觉已经好久没有出现过了。

"秦天!"布莱恩从门外喊了一声,"咱们马上出发。"

秦天立刻从床上坐起来,阳光透过玻璃窗正好照到他的脸上,他还未消退的倦容显得格外明显。秦天没有脱衣服,所以起床是很快的事情。这几年的特种兵生涯早就使秦天养成了不脱衣服睡觉的习惯。当秦天提着步枪走出来的时候,其他人已经坐进了越野车。

亚历山大探出头朝秦天大喊:"小个子,你快点儿。"

布莱恩用胳膊肘碰了亚历山大一下,警告道:"你说话注意点儿,小心秦天又跟你干仗。"

亚历山大自始至终对秦天都带有敌意,以他的身材足可以把秦天装起来,所以总是蔑视地称秦天"小个子"。秦天心情好的时候总是一笑了之,如果赶上心情不

好的时候，便会冲上来教训这个无理的家伙。

今天，秦天的心情当然不好。他在红狮军团小队中最要好的战友——劳拉受伤了，而且是生死未卜，所以他一直忧心忡忡。不过，今天秦天却没有和亚历山大计较，他知道这个大块头头脑简单四肢发达，是个没心没肺的家伙。

秦天坐进越野车的最后排，将枪靠在肩膀上一言不发。在秦天睡醒之前，索菲亚和亨特再次研究了通往布达拉矿山的道路，最终决定先开车到达山脉附近，然后改为步行。

越野车行驶在颠簸的乡村土路上，每个人的屁股都随着汽车上下跳动着，肚子里的肠子也跟着翻江倒海，甚至绞到了一起。秦天一只手扶着枪，另一只手托着下巴，向窗外望去。汽车所经过的道路周围人烟稀少，到处是荒野和茂密的树林，偶尔能看到规模不大的村庄，房子都是用土坯堆砌起来的，屋外拴着一头毛驴或黄牛。

阳光从出发时的温暖舒适，已经变成了炙热难熬。

亨特戴着墨镜以此来抵挡耀眼的阳光,他一边开车一边习惯性地嚼着口香糖,摇头晃脑地听着CD里放着的嬉皮士音乐。音乐的声音开得很大,以至于索菲亚和他说话的时候都要扯着嗓门大喊。这嘈杂的音乐声掩盖了另一种声音,一种从空中传来的危险的声音。

在越野车后方的天空中,一架武装直升机正以巡航速度朝这边飞来。飞机的驾驶员是泰勒,另外还有两个人和他一起出动,他们分别是艾丽丝和巴图。泰勒不会平白无故地驾驶阿帕奇武装直升机出现在这里,他是奉蓝狼军团之命来追击红狮军团的。巴图和艾丽丝分别靠近直升机的两个舷窗向地面察看,一辆正在由南向北高速行驶的越野车进入了他们的视线。

第十六章

空中袭击

直升机朝越野车的上空飞来。此时，亨特还在嚼着口香糖，晃着脑袋，跟着音乐的节拍抖动。坐在副驾驶座上的索菲亚听到在噪音般的音乐之外，还有一种声音掺杂进来，独特的敏感令索菲亚立刻警觉起来。她伸手将音量调小，那种掺杂进来的声音盖过了音乐的声音。

"是直升机！"后排的朱莉像一只警觉的猎豹，把头伸到车窗外循着声音向天空中望去。她看到这不仅是一架直升机，而且是一架武装直升机，更可怕的是在武装直升机的挂架上有两枚格外显眼的导弹，另一侧还挂有火箭弹发射器。

"快跑！是蓝狼军团追来了。"朱莉把头从车窗外缩回来，朝亨特大喊一声。

"见鬼！他们是怎么追来的？"亨特一脚将油门踩到

底，越野车像发狂的猛兽怒吼着向前加速而去。

其实加快车速是一个错误的举动。正所谓"不打自招"，即使上空的武装直升机是蓝狼军团的，但他们不一定能辨认出地面的越野车就是红狮军团的，而亨特突然加快了车速，就等于在向敌人释放逃跑的信号。

"快看，地面那辆越野车在逃跑，它肯定是红狮军团驾驶的。"巴图兴奋地大喊。

越野车已经跑到了它的极限速度，在高低不平的土路上像三级跳一样时而跃起，时而落地，处于随时翻车的危险之中。泰勒看着地面的越野车在疯狂逃窜，操作直升机将机头压低，按下了发射按钮，一枚火箭弹喷着火苗从弹巢里飞出，直奔越野车。要想击中高速行驶的越野车并非一件容易的事情，火箭弹落在了越野车的后面，轰的一声爆炸了，被炸起的泥土和飞散的弹片打到了越野车的后车窗上，发出啪啪的响声。亚历山大冒失地打开车窗，把他的狙击枪伸了出去，瞄准武装直升机连续开了几枪。当然他的做法是徒劳的。

泰勒见第一枚火箭弹没能击中越野车，恶狠狠地喊："想跑没那么容易，今天的火箭弹全归你们了。"说着，他再次按下发射按钮，一个弹巢的十几枚火箭弹被连续发射了出去，一路追踪着越野车。

幸亏亨特实战经验丰富，他驾驶越野车左躲右闪，一枚枚火箭弹硬是有惊无险地在车子的周围爆炸，却没有击中汽车。不过，飞散的弹片已经将车窗玻璃击碎，车厢板也出现了一个个弹孔，还好没有击中油箱。

秦天探身朝后备厢里找去，看到了一个长长的绿色军用木箱，这里面装的是一个便携式防空导弹发射筒。秦天快速地打开木箱的铅封，将发射筒拿出来。导弹在出厂的时候就已经被密封在发射筒里了，只要将其对准空中的直升机按下发射按钮，它就会朝追着的直升机飞过去。

打开越野车的天窗，秦天探出去，将便携式防空导弹扛在肩膀上，锁定了空中的武装直升机。空中的直升机上，蓝狼军团的艾丽丝看到越野车上探出来一个人，

仔细一看发现他的肩膀上扛着防空导弹,瞬时吓出了一身冷汗。"快转弯!"艾丽丝恨不得夺过泰勒手中的操作杆,自己来驾驶直升机。

泰勒赶紧一拉操作杆,一边将直升机向高处拉升,一边向右转弯,想逃离攻击区。但是,直升机在快速向前飞行的状态下改为拉升和转弯,需要一定的时间。就在这短短的时间内,一条火舌已经从导弹发射筒中喷出,直奔直升机而去。

武装直升机的预警雷达连续发出令人毛骨悚然的警告声。这种便携式防空导弹对付武装直升机简直是一绝。它采用红外制导方式,也就是追着直升机散发出的红外辐射飞行。当然,防空导弹要想精准地击中直升机也是很难的事情。所以,防空导弹并不是采用触发引信,而是采用了近炸引信,也就是当导弹飞到直升机附近的时候,会自动引爆。导弹爆炸后,它的战斗部会产生无数碎片。这些碎片在高速飞行的状态下具有极高的动能,能够轻松地将武装直升机击伤或者击毁。

巴图看到导弹已经逼近直升机，吓得闭上了眼睛，他知道用不了几秒钟自己就会跟随直升机一起坠毁了。泰勒忙而不乱，按下了操作面板上的一个红色按钮，直升机底部瞬间向外喷出无数的火球。他对这架直升机太熟悉了，清楚地知道它的每一项功能。刚才他按下按钮后，直升机发射了大量的诱饵弹，目的就是"欺骗"即将飞来的导弹。

这招果然见效，秦天发射的防空导弹飞到直升机附近，突然被漫天的火球所干扰，根本分不清哪是直升机发动机散发的热量，哪是诱饵弹发出的热量了。导弹是智能的，也是愚蠢的，它只能按照芯片所预设的程序来识别目标，所以直接奔着最热的火球飞去了。

"轰！"一声巨响从空中传来。秦天看到导弹在空中爆炸，产生了一个巨大的火球。但是，泰勒驾驶的阿帕奇武装直升机却安然无恙，出现在距离爆炸空域很远的空中。

巴图听到爆炸声，吓得睁开了眼睛，他不敢相信

自己还活生生地坐在直升机里。"这……这是怎么回事儿？"他惊喜地问身边的艾丽丝。

"看你刚才那个熊样！还没被炸死，差点儿被吓死了。"艾丽丝鄙视地说，"我们的直升机能发射诱饵弹，导弹被我们的诱饵弹欺骗了。"

泰勒的额头冒出豆粒大的冷汗，他心有余悸地说："没想到红狮军团的越野车里还有便携式防空导弹，真是太险了！"

"他们有导弹，咱们也有啊！"巴图来了精神，"快发射空地导弹，把他们的车干掉。"

泰勒本来认为对付一辆越野车，只要使用几枚火箭弹就可以，现在看来还真要动用导弹了。他决定驾驶直升机降低高度，掉转方向，继续锁定越野车，然后用空地导弹将其摧毁。

当泰勒将武装直升机掉转过来，准备继续对红狮军团进行攻击的时候，却发现那辆越野车已经不见了。"算你们跑得快！"泰勒遗憾地说。

巴图倒是无所谓地说:"即使他们从咱们眼皮底下溜走了,也不可能到达布达拉矿山。"

巴图可不是信口开河,通往布达拉矿山的路被称为"死亡之路",不仅地理环境险恶,沿途更是要经过野兽出没的地带。仅凭一辆越野车是根本无法到达布达拉矿山的,因为再向前行驶不了几千米,车辆就无法通行了。其实,这次泰勒驾驶直升机并不是专门来追踪红狮军团的,他们是要去布达拉矿山执行一项任务,只是刚好遇到了红狮军团而已。

蓝狼军团不再寻找红狮军团的越野车,而是乘直升机直接朝布达拉矿山飞去,因为在那里有一项重要的任务在等着他们呢!

第十七章

死亡之路

乡村土路旁的一片密林中,红狮军团透过树叶的缝隙看到直升机从上空飞过,逐渐消失在天空之中,这才松了一口气。

"蓝狼军团是不是在我们身上偷偷放了跟踪定位仪,怎么咱们走到哪儿,他们都能找到啊?"索菲亚疑惑地说。

亨特一边将越野车向外倒,一边否定道:"如果有定位仪在咱们车上,即使藏在树林里也躲不过蓝狼军团的追踪。可是,现在蓝狼军团已经飞远了,足可以看出他们肯定另有任务在身,只是与咱们偶遇而已。"

越野车重新回到了土路上。亨特驾车继续向前驶去,果然没走几千米便开到了路的尽头。这条土路本是很多年前伐木工人伐木时开拓出来的,可是后来封山禁伐之

后，这条路就到此为止了。

"下车吧!"亨特将越野车停到隐蔽之处。

大家纷纷下车,携带装备,就要踏上艰难的跋涉之路了。秦天从挎包中取出地图,铺在机头盖上,仔细计算着距离。这是一张1:50 000比例尺的地图,他数着从这里到达布达拉矿山的小方格,计算下来足足有上百千米。从地图上看这上百千米的路程,首先要穿过大约70千米的原始森林,然后再翻山越岭攀行30千米的山地,绝对是一条死亡之路。

准备就绪,红狮军团出发了。他们判断在穿越这片原始森林的过程中不会遇到敌人,所以不必防范暗枪的袭击。但这并不意味着他们是安全的,因为他们至少要面临三个方面的威胁:一是迷途的危险;二是遭遇野兽的危险;三是缺乏水源的危险。

秦天斜背着突击步枪,这种携带枪支的方式适合长途行军。落叶在地面上常年累积,已经形成了厚厚的"床垫",踩在上面软软的。不要忽略如此微小的细节,

人在松软的地形上行走需要额外地付出努力（比如在沙漠里），所以很容易疲劳，从而影响行进的速度。

一开始进入森林，他们的精力还很旺盛，所以行进的速度很快。不过越往里走，树木越密集，各种藤蔓植物缠绕在树木之间，使行进变得很艰难。布莱恩随身携带的一把手斧派上了用场，他披荆斩棘将一些影响通行的枝蔓和带刺的藤条斩断。即使是这样，每个人的衣服还是被荆棘刮破，撕出了一道道口子，暴露在外面的皮肤也是伤痕累累。

亚历山大笨重的身材此时暴露出了劣势，他拖着粗腿被落在最后面。无意间，亚历山大看到旁边的一棵小树上长满了红红的果子，圆润饱满的果实虽然不大，但却极富诱惑力。作为一个具有天赋的吃货，亚历山大自然无法抗拒果实的诱惑。嗅着果香，他拨开挡路的枝条，径直走到这棵还没有他高，也没有他胳膊粗的小树旁，迫不及待地伸手摘下一簇形如樱桃的果子。不过，亚历山大并没有像猪八戒吃人参果那样，一口将果子吞下去。

他好歹是特种兵出身，知道野果可能会有毒，所以只是轻轻地咬了一口。这一尝不要紧，吃货彻底被野果甘甜的味道征服，他竟然将一簇野果都放进嘴里大口地咀嚼起来，连果圆核都没有吐出来。

走在前面的朱莉发现亚历山大不见了，回头四处寻找。茂密的植物将亚历山大隐藏起来，所以朱莉并没有看到他。她赶紧朝前面的人喊："等等，死胖子不见了。"

"死胖子"是朱莉对亚历山大的"爱称"。其他人回头，发现亚历山大果然不见了。

"刚刚还听到他在身后说话，怎么一转眼就不见了？"亨特疑惑地说，然后扯着嗓门朝后面大喊："亚历山大——"

本以为亚历山大会很快回应，可是亨特的喊声过后，并没有任何声音响起。树林里变得异常安静，甚至可以听到心跳的声音，一种不祥的预感席卷而来。

秦天警惕地将步枪取下，改为持枪姿势，这是进入临战状态的本能举动。他的眼睛机敏地转动着，搜索着

每一个可疑的角落。不仅仅是秦天，其他人也都进入了临战状态，自然地形成了360度的防御队形，慢慢地向后搜寻。

"在那里！"走出十几米远，索菲亚便看到了躺在地上的亚历山大。

亚历山大为什么会倒在地上？莫非他受到了攻击？一连串的猜测让本来就已经很紧张的气氛，变得更加令人窒息了。

朱莉弯着腰朝亚历山大疾奔过去，而其他人继续保持着警戒状态，以防不测。朱莉来到亚历山大身边，见他面如土色地躺在地上，四肢还微微地抽搐着。他的身上并没有伤口，看样子并非遭到了袭击。

朱莉陷入了迷惑，大喊："你们快过来，他好像是病倒了。"

听到朱莉的喊声，其他人才放松了警惕。除了布莱恩，其他人都朝亚历山大的身边跑去。布莱恩依旧端着枪，警觉地观察着周围的一草一木。作为一个特种作战

的小队，即使在看似安全的时候也要有人保持警备状态。

"他是中毒了。"秦天一眼便看到了亚历山大身边的野果树。说着，他将亚历山大从地上拽起来，膝盖顶住他的腹部，让其头朝下，上半身呈下垂的姿势。然后，秦天用力捶击亚历山大的后背，想让他把吃进去的东西吐出来。但是，亚历山大已经迷迷糊糊，大脑不受控制了，所以根本没有反应。

如果捶击后背不能使中毒者呕吐，那么就要采取直接刺激喉部的方法了。亨特掰开亚历山大的大嘴，将手指头伸进去，抠到了他的嗓子眼里。亚历山大一阵恶心，胃里的东西向上涌来，哇的一声吐出了一大口。

一股腥臭的味道瞬间飘散开来，索菲亚恶心得用袖子捂住口鼻，就差把防毒面具戴上了。最大的受害者是秦天和亨特，因为秦天的裤腿上被亚历山大吐了很多恶心的东西，而亨特的手上也沾了不少。不过，这两个人并不在乎。秦天见亚历山大已经把胃里的东西吐了出来，便趁热打铁连续拍打他的后背。亚历山大又吐了好

几口。最终,亚历山大连胃液都快吐光了,秦天和亨特才停止拍打。秦天拧开水壶盖,将水倒进亚历山大的嘴里。亚历山大昏昏沉沉地把漱口水吐出来,感觉头脑清醒了很多。

慢慢清醒过来的亚历山大心有亏欠地对秦天说:"兄弟,谢谢你,我欠你一条命。"

秦天微微一笑,没有说话。秦天知道亚历山大是一个心直口快、容易冲动的家伙,所以尽管亚历山大总是跟他过不去,他却从来没有记恨过这家伙。

亨特正用水冲洗自己手上的呕吐物。他痛恨地问:"馋鬼,你在特种部队的时候,难道没学过辨识野果是否有毒的方法吗?"

亚历山大翻着眼珠想了想说:"学过,不过刚才的果子太好吃了,我没忍住。"

野外生存训练中辨别野果是否有毒的方法之一,是观察果子是否被动物吃过。动物长期生活在野外,经过一代代进化,对自然环境中的食物有天生的辨别能力。

如果看到某种野果非常诱人,而没有被小动物啃咬过的痕迹,则说明这种果子基本上是有毒的。刚才的果子味道甜美,却没有鸟类啄食,就已经说明问题了。

不管怎么说,亚历山大算是捡回了一条命。他再也不敢轻易摘食不知名的野果了。短暂的休息之后,他们继续上路了。

布莱恩的手斧立下了汗马功劳,因为越往深处走,横在树木之间的藤条越多,几乎到了无法通行的地步。他们只能一边开路,一边前行,所以行军速度慢了很多。亨特本来计划在两天之内到达布达拉矿山,可从现在的进度来看,能在三天之内到达就已经是谢天谢地了。

不知不觉间,森林里的光线暗了下来,黑夜即将降临。自从进入原始森林后,他们几乎就没有见到太阳,因为茂盛的枝叶完全达到了遮天蔽日的密度。正因为枝叶遮挡了阳光,所以树林里黑得更快一些。

"我们要尽快找到一块相对开阔的地方,作为今晚的宿营地。"亨特略显焦急地说。

原始森林里的夜是非常可怕的,因为黑夜是野兽出来活动的时间,如果在夜间赶路,不仅会遭遇野兽,更有可能迷失方向。即使是野外生存经验丰富的特种兵,也不会冒失地选择晚上在原始森林中行进,所以他们必须要找到一个条件良好的宿营地。

"兄弟们,这个地方不错!"布莱恩在砍断一根藤条后,发现面前出现了一块几十平方米的开阔地。这里本来有一棵参天大树,可是不知道是什么原因,大树已经枯死并倒在了地上。

亨特对这个地方也很满意,于是将背囊卸下,一屁股坐在地上,后背靠住了那棵已经开始枯烂的大树。

亨特无论如何也想不到,他的这一举动,差点儿断送了自己的性命。

第十八章

险些丧命

索菲亚也将背囊扔到地上,和亨特面对面地坐下。刚刚坐到地上,索菲亚便觉得屁股被硬邦邦的东西撞了一下。她伸手朝屁股下面摸去,抓到了一个奇形怪状的东西。此时,天色已经暗了下来,她将这个奇怪的东西拿到眼前仔细观看。

"啊——!"

索菲亚不由得发出惊叫,把手里的东西丢了出去,正好滚到亨特的脚下。亨特低头一看也吃了一惊。原来,索菲亚扔来的竟然是一个骷髅头。

旁边的朱莉打开手电筒照到这个骷髅头上,发现这并不是人的骷髅,而是某种野生动物的。她又把手电筒朝四周的地面照去,这才发现周围还散落着一些白骨。朱莉蹲下身子,拿起一根白骨仔细观察,发现这些白骨

是在不久前才被丢弃在这里的，因为在白骨的末端还有少量腐烂的肉。

"看来这附近一定有凶猛的野兽，而这些白骨肯定是猛兽捕杀猎物，啃食后留下来的。"朱莉分析道。

朱莉的话引起了大家的注意，大家纷纷打开手电筒向四周照射，看看是否能发现野兽的踪迹。如果这里是野兽出没的地方，他们就必须重新选择宿营地了。就在大家紧张地寻找野兽踪迹之时，背靠枯木的亨特突然觉得后背有些痒。他以为身上爬上了蚂蚁之类的小虫子，于是将手伸到背后用力一拍。这一拍不但没有止痒，反而让他感觉到后背奇痒难耐起来。在几秒钟内痒变成了痛，一股股针刺般的痛蔓延到全身的每一个角落。

"啊——！"

亨特痛苦地惨叫着，从地上跳起来，双手胡乱地在身上拍打着，像疯子一般到处乱跑。

"亨特，你怎么了？"布莱恩大喊着，朝亨特追来。

亨特不停地发出撕心裂肺的惨叫，摔倒在地上来回

地翻滚。此时的亨特不仅感觉到了万箭穿心般的痛苦,更感觉到四肢发麻,头脑发晕,意识开始模糊了。

布莱恩已经冲到亨特的跟前,蹲下来死死地按住挣扎的亨特,大声地问:"你到底怎么了?"

"有东西在咬我!"亨特有气无力地说。

亨特的话还没有说完,布莱恩的手臂也开始感觉到了刺痛。他赶紧将手从亨特的身上移开,心想疼痛怎么还会传染呢?

有了前车之鉴,秦天并没有伸手去按住亨特,而是打开手电筒朝亨特的身上照去。在手电筒的光柱之下,元凶才暴露出来。原来在亨特的皮肤上密密麻麻地布满了黑点。这些黑点好像是某种昆虫,如苍蝇般大小。

秦天赶紧打开背囊,从里面掏出一个密封的塑料袋。他将塑料袋撕开,从里面抓出一把白色的粉末撒向亨特。秦天的动作很麻利,没过多久便将亨特的全身撒满了这种白色的粉末。那些咬在亨特皮肤上的小虫子,在接触

到白色粉末后知趣地拍着翅膀飞走了。

布莱恩急忙自己动手,将白色的粉末撒在胳膊上,顿时感觉舒服多了。亨特躺在地上,脸色惨白,好像丢了半条命一样。他感觉到除了疼痛之外,身体还在发冷。因为这些虫子不但咬人,而且吸血吃肉,亨特的身体被吸了很多血,所以才会感觉到冷。

秦天从地上捡起一只被打死的虫子仔细观察,这才认出它们的庐山真面目。这是一种被称为"食人飞蚁"的昆虫。它们生活在原始森林之中,有一对大颚,可以撕开人或动物的皮肤,吸血吃肉。食人飞蚁喜欢群居在枯死的树洞之中,以群体出动的方式攻击靠近的猎物,即使是像野猪这样大的野兽也会在它们的群体攻击之下,被吃得只剩下骨头。

亨特虽然恢复了知觉,但由于被吸食了大量的血液,所以还是浑身无力。亨特知道自己为何会遭到食人飞蚁的攻击了,因为刚才他背靠的那棵枯树中正好有食人飞蚁的洞穴。他也明白为何此处有这么多白骨了,原来都

是食人飞蚁的杰作。

这次亨特能捡回一条命多亏了秦天。作为一名野外生存的老手，秦天在背囊里放了一袋石灰粉，还有一些樟脑球。别小看这些不起眼的东西，它们可是防范野外毒虫和毒蛇的法宝。刚才，秦天就是将石灰粉撒到亨特身上，才驱散了食人飞蚁。

"看来这里是不能宿营了，咱们赶快再找一个新的地方。"秦天扶起亨特，架着他朝前面走去。

通往布达拉矿山的路果然是一条死亡之路，第一天的行军中就有两个人险些丧命，照这样下去，不知道后面还会遇到什么不可预知的危险。

一番周折之后，他们总算找到了一处理想的宿营地。这里地势略高，树木相对稀疏，可以同时搭下6顶单兵帐篷。帐篷撑起，秦天钻进去将防潮垫铺在地上，这样能抵御潮湿入侵身体。秦天将睡袋往防潮垫上一铺，马上就想钻进去睡觉了。不过，他突然想起一件事情，那就是丛林之中，毒蛇、毒蝎之类的毒物

是少不了的，必须加以防范。于是，秦天又从帐篷里钻出来，将石灰粉沿着宿营地撒了一圈。这是一条警戒线，那些毒物是绝对不敢越雷池半步的。野外的夜比城市中要凉很多，秦天钻进睡袋，紧紧裹住身体的保温层使睡袋里的温度快速升高，舒适的感觉立刻让人昏昏欲睡起来。

一觉醒来，已经是第二天早晨。秦天刚一睁开眼，便感觉喉咙干得像开裂的老树皮，就连唾沫都难以下咽了。随手拿起睡袋旁的水壶，秦天拧开盖子就喝。干渴的体细胞还没有吸饱水分，水壶里便空空如也了。昨天，亚历山大中毒的时候，秦天浪费了很多水，所以一路上尽管他很节制，但还是耗尽了最后的一滴水。

水之所以消耗很快，还有两个原因：一个是高强度的体力支出后，需要补充水分；另一个是野战食品大多是脱水食物，或者为了保持不变质而加入了大量的盐分，所以吃下之后必然需要补充水分。

其他人的情况并不比秦天乐观，在早餐之后每个人

的水壶都只剩下一个空壳了。不过，他们并不是很担心水源的问题。作为曾经的特种兵，如果在原始森林里都无法找到水源，那也太差劲了。

收拾好行囊，他们准备继续上路。至于水，在行进的路上总会有办法解决。秦天收拾完装备，见宿营地的周围长着很多茂盛的茅草，便抽出军刀开始挖掘茅草的根茎。这种草确切地说叫"白茅"，其根茎中含有大量的水分，而且味道甘甜。春天的时候，白茅抽出的嫩茎还可以食用，其口感细腻，味道清甜。秦天很快挖出了一大把白茅的根茎，放进嘴里咀嚼，顿时觉得一股清爽的汁液沁入心田，无比舒畅。

野外缺水时，从植物中获得干净的水，最方便、常见的方法是咀嚼木髓来防止脱水，但不要咽下。植物的根茎含有大量的水分而且大多可以饮用，如仙人掌的果、未成熟的丝兰花、龙舌兰的花茎、晚上开花的仙影拳的根等，都含有较多的水分。当然，有些植物是有毒的，其中的水分不能饮用，所以要分辨清楚。

通过口嚼植物根茎的方法，红狮军团暂时缓解了口舌的干渴，但这并不能彻底解决身体缺水的问题。红狮军团一边在长满荆棘的丛林中穿行，一边寻找水源。

第十九章

到达目的地

随着时间向午间推移,丛林里变得异常闷热。本就严重缺水的身体,还在不停地向外蒸发着水分。秦天舔了舔干裂的嘴唇,但口腔里也没有多余的唾液来慰藉这干裂的嘴唇了。

索菲亚摘下她的绿色扁帽,拿在手里用力地扇风。浓密的头发将她的头皮密不透风地盖住,再加上这样一顶帽子紧紧地扣在头顶,索菲亚觉得脑袋发晕。

"快戴上帽子。"亨特好心地提醒索菲亚。

索菲亚无奈地摇摇头,只好将绿扁帽又扣在头上。别小看了这样一顶绿扁帽,在丛林中它的作用可不小。绿扁帽四周的宽沿可以挡住从树上落下来的毒虫,防止它们滑落到脖颈里。在丛林中进行作战,一条战术围巾也是必不可少的。它可以将暴露在外的脖子包裹起来,

起到防护的作用。总之,热带丛林被特种兵们称为"魔鬼之地",世界上最残酷的战斗就是丛林战,所以必须从头到脚都要进行最严密的防护。

不知道布莱恩看到了什么,他抛开队伍快速地向前方跑去。原来,他看到了一片竹林。看着这片面积不小的竹林,布莱恩的脸上露出了笑容。竹子并不粗,和一个成年人的大臂差不多,布莱恩抓住一棵竹子,将耳朵贴过去,用力地摇晃。布莱恩接连摇晃了几棵竹子,终于在一棵竹子旁停下来。他在用力摇晃这棵竹子的时候,听到竹节里有水晃动的声音。于是,他用匕首在竹节上钻出一个孔,一股清泉便流出来了。

"快过来!我找到水了。"喊完,布莱恩张开嘴接住了流出的水。

看到布莱恩从竹子里找到了水,大家都兴奋起来。亚历山大抓住一棵竹子,就用匕首在上面钻孔。可是他费了九牛二虎之力钻出孔来之后,却没一滴水流出来。同样是竹子,为什么自己砍的竹子里就没有水呢?亚历

山大疑惑不解,只好向布莱恩请教。

经过布莱恩的传授,亚历山大才明白并不是每一棵竹子里都有水。首先,有水的竹子是一个特定的品种,在民间被称为"储水竹"。这种储水竹通常生长在山沟的两旁,直径只有10厘米左右,青翠挺拔,竹节长约50厘米。即使学会了辨认储水竹,也并不意味着找到的每一棵储水竹里都有水。方法是要摇晃竹子,只有听到了水晃动的声音,才能断定竹子里有水。

亚历山大按照布莱恩传授的要领,很快便找到了一棵有水的竹子。他从来没有喝到过口感如此美妙的水,既带有丝丝的甘甜,又含有阵阵的清香。把肚子里灌满水之后,大家开始往水壶里灌水。他们必须储存尽量多的水,因为后面的途中不知道还能不能找到水了。

再次出发之前,亨特掏出地图计算了一下剩下的里程。虽然他们携带了GPS导航仪,但是走进丛林深处之后,这个高科技的玩意儿就开始罢工了。所以,亨特不得不重新使用最原始的地图来指引行进的路线,经过计

算他得知还有不到三十千米的路程便会走出原始森林了。他们决心在天黑之前走出这片"死亡之林"。

亨特计算的时间很准确,当他们走出原始森林的时候,太阳刚好发散完最后一缕余晖钻进厚厚的云床中。但是,他们并没有打算休息,准备趁着夜色走完最后一段路程,赶到布达拉矿山。

走出原始森林,地势开始逐渐升高,前面不远处便是布达拉山脉。这条延绵的山脉将原始森林三面围绕起来,只在北面开了一个口子,也正是因为这道天然的屏障,才使原始森林保留下来,否则早就被贪婪的人类砍伐殆尽了。

布达拉山脉是不折不扣的石头山,在山体表面只覆盖着一层浅浅的土,所以山上不可能生长高大的树木,于是低矮的灌木便成了这里的主角。也多亏了这些矮灌木,虽然它们不够粗大,但是根系却深深地扎进了石缝里,牢牢地抓住了石头和泥土。所以,在翻越布达拉山脉的过程中,这些矮灌木为红狮军团提供了强有力的帮助。

此时此刻,他们正在翻越一道山梁。秦天的身体向前倾斜,双手交替抓住这些韧劲十足的矮灌木,双脚的脚尖稍向里呈内八字,一步步地向上攀爬着。山地行军对于特种兵来说也是必须训练的内容,所以他们能够充分发挥攀爬的技巧来应对这种地形。比如,向上爬的时候要走内八字,而下山的时候要走外八字,这都是在实战中磨炼出的经验。

亚历山大显然有些吃力,他的体重成为了最大的障碍。陆战靴的鞋底有深深的纹理,这样便增大了摩擦力,使在攀爬的过程中不容易发生打滑的现象。亚历山大的脚蹬在一块突出的石头上,一只手抓住一株灌木的下部,用力向上一拽。硕大的身躯在脚蹬手拉的作用下向上升起,眼看着那株弱小的灌木就要被连根拔起了,但亚历山大却在灌木的极限承受力之前,成功地完成了这一步的攀爬。就这样,他总是有惊无险地挑战着极限。

虽然攀山比在丛林里行走要付出更多的体力,但实际上却减少了很多未知的危险因素。他们终于在一阵艰

难攀爬过后,登上了那道山梁。只要沿着这道山梁延伸的方向前进,用不了多久就会到达布达拉矿山了。

半弯的月亮挂在天空,不算明亮,却也带来了冷冷的光。这光的亮度恰到好处,既可以让他们不用打开手电筒便可以看清脚下的路,又不至于让远处的人看到他们的身影。要知道,越靠近敌人的时候,隐蔽自己越重要。

隐隐地,在远方的山脚下出现了点点的光。亨特有些兴奋地回过头说:"那里应该就是蓝狼军团在布达拉山脉进行稀土开采的矿山了。"

"蓝狼军团做梦也不会想到,我们能找到这里吧!"月光下朱莉的眼神冷峻无比,如同宝刀出鞘时闪烁的寒光。

红狮军团沿着山梁静悄悄地来到了亮光闪烁之处,他们这才看清,原来是一盏盏高瓦数的白炽灯在闪着强光。在灯光之下,他们看到了令人震惊的画面——一个个荷枪实弹的雇佣兵来回地巡视着,而他们负责看管的

是一群群衣衫褴褛的开矿工人。这些工人竟然在夜间都不休息，他们被严密地监视着，像牛马一样地劳动着。

秦天断定这些工人并不是自愿来到这里开矿的，而是被蓝狼军团抓来的。实际上这些人已经成为了奴隶，出卖自己的劳动力，却得不到任何报酬，最后只能累死在这里，连尸骨都没有葬身之地。

"蓝狼军团实在是太可恶了，这简直是惨无人道的犯罪。"布莱恩恨得攥紧了拳头。

"哼！"朱莉冷笑了一声，"在蓝狼军团的字典里还有'犯罪'这两个字吗？别忘了，他们唯一的信条是金钱至上。只要能获得利益，多么邪恶的事情在他们看来都是合理的。"

秦天的目光从雇佣兵和这些矿工身上向远处转移，看到了另一处灯光明亮的地方。那里是一片开阔地，应该是蓝狼军团动用机械开辟出来的一个小型机场。其实，说是机场有些不太合适，因为以那里的面积和条件不可能起降固定翼飞机，所以它更像是一个停机坪。

在停机坪停着几架直升机，秦天一眼就认出了最前面的那架武装直升机。就是这架武装直升机在路上袭击了他们，害得他们差点儿死于火箭弹之下。在武装直升机的后面是两架大型的运输直升机。这是两架采用并列纵轴螺旋桨的运输直升机，它们的机体就像一列火车车厢，由"车厢"上的两个并列螺旋桨旋转时产生的升力，从地面垂直拔起。每架这样的运输直升机可以一次运输上百名士兵，估计这些被抓来的开矿奴隶就是这样被运来的。几台大型的采矿机械在轰轰作响，它们肯定也是由这两架大型运输机吊运过来的。

秦天盘算着，要想摧毁稀土矿山必须将这几台大型机械破坏，还要将停机坪和矿井炸毁，同时把这些可怜的采矿奴隶救出苦海。就在秦天琢磨着该从何处下手之时，三个熟悉的身影突然闯入了他的视线。

第二十章

暗中行动

　　这三个人是蓝狼军团的泰勒、巴图和艾丽丝。他们出现在停机坪上,指挥着矿工往直升机上搬运大箱子。那些箱子里到底装的是什么呢?他们又要把这些箱子运到哪里?亨特也看到了这一场景,他小声地说:"咱们悄悄地溜过去,打探一下他们到底在做什么。"

　　红狮军团顺着山脊悄悄地向山脚下移动,机械采矿时发出的轰鸣声将他们发出的细小声音掩盖起来。绕过采矿场,他们顺利地来到了停机坪附近。在一堆被开采下来的大石头后面,亨特和他的队友们隐藏起来,竖起耳朵想偷听蓝狼军团的对话。

　　在直升机旁,泰勒、巴图和艾丽丝正闲聊着,他们已经指挥矿工把箱子装进了直升机里。"也不知道布鲁克他们现在有没有找到那个装有核原料的箱子。"艾丽丝背

靠着直升机，抬头望着一轮弯月说道。

"估计够呛！"巴图摇着头，"上级之所以派咱们来这里运输纯度最高的稀土，就是做好了短时间内找不回核原料的准备。"

红狮军团藏在石堆后面听着他们的对话，听得迷迷糊糊的，不知道这些话到底是什么意思。秦天心想，运输稀土和找回核原料有什么必然的关系吗？接下来的对话揭开了谜底。

泰勒接着巴图的话说："上级知道暂时找不回核原料，所以答应了买家，先给他们一些高纯度的稀土作为补偿，等找回核原料再一起算账。"

"那买家能答应吗？"艾丽丝有些担心地问。

泰勒答道："他们当然答应了。据说买家要制造一种洲际导弹，而制造高性能的洲际导弹离不开稀土。他们正愁没地方去购买稀土呢！"

"原来是这样啊！"艾丽丝点点头，"他们制造洲际导弹的目的是不是用来发射核武器呢？"

"这还用说,核武器和洲际导弹是最佳拍档。"巴图有些亢奋。

听到这里,秦天才明白这三个人此行的目的。他暗下决心,绝不能让蓝狼军团的阴谋得逞,如果稀土被卖到恐怖分子的手中,就会变成制造洲际导弹的原材料,到时候谁知道他们还会干出什么灭绝人性的坏事。

"我把他们给灭了!"亚历山大越听越生气,小声而愤怒地说了一句,说完就要把枪举起来射击。

亨特见状赶紧一把拽住了亚历山大的胳膊:"你别鲁莽,我们不能打草惊蛇,还有很多更重要的事情没做呢!"

亚历山大强忍着怒火,虽然把枪收了回来,但心里却埋怨亨特前怕狼后怕虎,做事磨磨叽叽。

"走吧,咱们早点睡觉。"泰勒从直升机旁边走开,"明天一大早还要赶去莱特湾海域,把稀土交给买家呢!"

亨特见三个人朝停机坪外走来,赶紧示意大家紧紧地贴在石堆后面,千万不要被他们发现了。这三个人就

从距离石堆十几米远的地方走过,但是却丝毫没有注意到附近就藏着红狮军团的人。

看着蓝狼军团离去,消失在他们视线之中,亨特开始布置行动方案了。他决定采取分头行动的方法,一部分人溜进停机坪,去打开那两架运输直升机,目的是撤退的时候可以载着被救出的矿工逃离;另一部分人去寻找矿山的炸药库,设法弄出大量的炸药,做好炸毁矿井的准备。

秦天、布莱恩和索菲亚一组,他们去寻找炸药库。另外三个人则悄悄地进入了停机坪。那两架运输直升机的舱门紧闭着,要打开它们需要费一番工夫。亚历山大用蛮力向外拽,舱门微微地抖动了几下,根本不可能被他拽开。

"你靠边,让我来!"朱莉说着从挎包里掏出了一把看似普通的钥匙,但实际上这是一把可以根据锁眼的纹路调整齿牙的万能电子钥匙。在这把钥匙的后端有一个小小的按钮,可以用来调节钥匙的长度和齿牙的长短。

朱莉正一点点地调整着，也许需要十几分钟，甚至几十分钟才能打开，也可能会败下阵来。

这时，秦天这一组正朝着矿场后面的一排石头房子悄悄地靠过去。他们看到在石头房旁边，有一名蓝狼军团的士兵手中端着一支散弹枪，正在呵斥两个矿工干活。

"快点，别偷懒！"士兵像对待奴隶那样毫无人性，"要是敢偷懒，老子就一枪崩了你们。"

士兵的散弹枪是专门为了对付这些矿工奴隶配发的，因为这种枪几乎不用瞄准，发射出的散弹杀伤的面积很大，只要发现想逃跑的奴隶，肯定能一枪将他射中。

索菲亚跟秦天和布莱恩小声地说："这个家伙就交给我了。"

布莱恩知道索菲亚的厉害，每当她说这句话的时候，敌人肯定是离死不远了。只见，索菲亚将手枪插进枪套里，两只手也插进了裤子的口袋中，朝那个蓝狼军团的士兵走去。

"嘿！帅哥！"索菲亚竟然在士兵的身后温柔地叫了

一声。

一个女生的声音竟然出现在身后，让这个士兵都不敢相信自己的耳朵了。要知道在这个鸟不拉屎的鬼地方，是根本看不到女生的。昨天，艾丽丝来到这里执行任务，是他一年来第一次见到女生。

士兵回过头，看到一位美少女，在微弱的灯光下格外地楚楚动人。士兵并没有意识到这是自己的敌人，因为在昏暗的光线下，他把索菲亚看成了艾丽丝。

"有什么需要我效劳的吗？美丽的女士！"这个士兵故作镇静，但是小心脏却已经在狂喜地跳跃了。

"当然！"索菲亚慢慢地朝士兵走去，"我想请你帮我把这把刀子插进你自己的喉咙里。"

话音刚落，索菲亚插在口袋里的手便猛地抽了出来，一把闪着寒光的军刀划向士兵的咽喉。可怜的士兵还没有搞明白这句话是什么意思，便扑通一声栽倒在地，两只眼睛瞪得溜圆，死不瞑目。

那两个正在干活的矿工奴隶看到索菲亚杀死了士兵，

吓得撒腿就要跑。索菲亚急忙小声地喊道:"别跑,我是来救你们的。"

听到索菲亚的话,这两个矿工奴隶这才停住脚步,转过身来。接下来的一幕令索菲亚万万没有想到,两个人扑通一声,齐刷刷地跪在了她的面前。

"你真的是来救我们的吗?"其中一个人说,"我们被抓到这里快两年了,早晚会被活活地折磨死。"

秦天和布莱恩从暗处走了出来,两个人伸手将矿工搀扶起来。

秦天问:"你们知道开矿用的炸药放在哪里吗?等炸毁了罪恶的矿井,我们就把所有的矿工都救出去。"

"我知道炸药放在哪儿!"矿工看到了希望,"我带你们去。"

在两位矿工的引路下,秦天他们很快来到了储存炸药的仓库附近。这里是矿山的重地,所以有两名蓝狼军团的士兵在门口把守。秦天让两名矿工走到士兵的面前以搬运炸药开矿为借口,吸引士兵的注意力。然后,他

们突然从背后发起袭击,没有费吹灰之力便解决了这两个士兵。

秦天从士兵的身上找到了炸药仓库的钥匙,打开门一看,仓库里堆满了一块块的TNT炸药。三个人抓紧时间动手,把一块块的炸药装进从仓库里找到的一个木箱子里。最后,他们还拿了一些雷管和电子起爆器,这些东西都会派上用场。

三个人抬着箱子向跟亨特事先约定的地方走去,两个矿工也跟在后面。秦天突然转过头,对矿工说:"你们两个不要跟着我们,先回到矿工中间去。"

"为什么?你不是来救我们的吗?我们不回去!"矿工开始怀疑这三个人的目的了。

第二十一章

营救矿工

秦天见两名矿工对自己产生了怀疑,赶紧解释道:"你们回到矿工中间是因为有艰巨任务的。"

"任务?"矿工疑惑地看着秦天。

秦天拍了拍其中一个矿工的肩膀,说:"你们回到矿工中间,一个个地向同事传递信息,告诉他们听到连环的爆炸声后,立刻向停机坪那里跑。我们的人已经在直升机上做好了准备,只要矿工们一上飞机,就立刻起飞。"

"原来是这样啊!"矿工点点头。

"记住!千万把消息传递给每一名矿工,他们能否被成功救出,就看你们的了。"秦天用信任的目光看着两名矿工。

"放心吧,保证完成任务。"矿工说话的语气坚定,好像自己也变成了一名战士。

秦天他们抬着装满炸药的箱子到达会合地点时,亨

特他们已经在那里了。他们看到抬来的大木箱，便知道炸药已经弄到手了。

"直升机打开了吗？"索菲亚问。

亨特得意地将眉毛向上挑起："当然，一切准备就绪，随时都可以起飞。"

"看你这么得意，好像功劳都是你的。"朱莉讥讽地说。

亨特赶紧逢迎道："当然是靠你的开锁神功了。"

时间紧迫，亨特也没有心思耍贫嘴，赶紧组织队员们连接炸药和雷管。他们在黑夜的掩护下，围绕着矿山每隔一段距离放置一块炸药，在炸药间用导线连接起来，最后将线路连接到电子起爆器上。

亨特和布莱恩分别进入了一架运输机，他们已经做好了准备，只要被解救的矿工一上飞机，马上就能起飞。

秦天、亚历山大和索菲亚埋伏在有利的地形上。当爆炸发生后，他们会用火力掩护向停机坪逃跑的矿工。朱莉则静静地趴在电子起爆器的旁边，等待着点火的命令。

"点火！"

朱莉的耳机里传来亨特的命令。她立刻按下了点火器。

"轰轰轰——"

瞬时,爆炸声四起。蓝狼军团不知道出了什么状况,纷纷吓得卧倒在地上。那两名矿工早已经把消息传给了每一个人,他们听到爆炸声后,纷纷扔掉手中的工具,朝停机坪跑去。

"别跑!"

"砰!砰!砰……"

蓝狼军团看到矿工们开始逃跑,一边大喊着,一边朝矿工开枪。早已经做好准备的秦天、亚历山大和索菲亚,瞄准了正在开枪的蓝狼军团的雇佣兵,扣动了扳机。愤怒的子弹,带着满腔怒火喷射而出,枪枪命中敌人的要害。

夺命子弹从暗处飞来,这可把蓝狼军团的雇佣兵吓坏了,纷纷吓得藏了起来。有三个人却并不害怕,他们是泰勒、巴图和艾丽丝。这三个人本来正在睡觉,突然听到了爆炸声和枪声,赶紧拿起武器冲出了屋子。眼前

的一切让他们惊呆了,整个矿山被炸得一片狼藉,矿工们蜂拥而逃,而雇佣兵们则死的死,伤的伤,藏的藏。

泰勒见状将枪栓向后一拉,就要冲上去,参加战斗。狡猾的巴图一把拽住了泰勒,吼道:"敌人在暗处,咱们在明处,你现在冲上去只能是送死。"

艾丽丝也跟着说:"别忘了咱们的任务是把稀土运出去交易,而不是在这里参战。"

听人劝,吃饱饭。泰勒将枪收了回来,问道:"那咱们该怎么办?"

巴图眼珠一转:"咱们趁乱,随着矿工的人流跑到停机坪去,然后驾驶直升机尽快离开这里。"

泰勒和艾丽丝点头赞同。三个人拎着枪,随着矿工的人流朝停机坪跑去。矿场周围硝烟四起,泰勒、巴图和艾丽丝竟然在一片混乱之中,顺着人群混到了停机坪上而没有被红狮军团的人发现。泰勒打开武装直升机的舱门,快速地坐进了驾驶舱。

当巴图和艾丽丝进入直升机的时候,泰勒已经发动了飞机。螺旋桨快速地转动起来,将经过此处的矿工吹

得东倒西歪。此时，在运输直升机里的亨特和布莱恩才发现蓝狼军团要驾驶直升机逃跑。

亨特和布莱恩已是焦头烂额了，无暇顾及这架即将起飞的武装直升机，因为正有大批的矿工往运输直升机里涌，他们必须指挥这些矿工有秩序地撤离。但是，矿工们被抓到这个比地狱还痛苦的地方已经很久了，都担心自己逃不出去，所以互不相让地往里面挤。

另外四个红狮军团的人一面掩护矿工撤退，一面在进一步地摧毁稀土矿山。亚历山大抱起几块炸药，扔进了上百米深的矿井中，然后跑到百米开外引爆了炸药。随着一阵阵从地下传来的闷响，地面就像发生了地震一样抖动起来，矿井被炸落的石头堵死，彻底被摧毁了。

"轰轰轰——"

又是一阵巨响传来，这是秦天将那几台用来开矿的大型机械炸毁了。既炸毁了矿井，又炸毁了开矿的工具，这就叫斩草除根。

"全体注意，立即撤退！"每个人的耳机里都传来了亨特的命令。红狮军团意犹未尽地向停机坪的方向撤退。

几个不知死活的蓝狼军团的雇佣兵见红狮军团开始撤退，便从暗处跑出来射击，结果被秦天和索菲亚击毙了。

秦天和索菲亚进入了布莱恩驾驶的直升机。亚历山大和朱莉进入了亨特驾驶的直升机。矿工们的情绪终于稳定下来，都在眼巴巴地盼着直升机起飞。两架巨型的直升机在并列纵轴螺旋桨的快速转动下，一先一后拔地而起，朝着布达拉山脉之外飞去。

红狮军团驾驶两架大型运输机将两百多名矿工从布达拉矿山解救了出来，不过他们还有一件紧迫的事情要做，而且是万分火急。

"布莱恩！"在飞出布达拉山脉之后，亨特开始呼叫另一架直升机的飞行员，"五分钟后，我们将直升机停在前面的小城郊外。"

"明白！"布莱恩马上回答。他已经猜到了亨特的意图。

五分钟后，两架运输直升机恰好飞到了小城郊外的一片开阔地上空。两位驾驶员推动操作杆，开始控制直升机缓慢地下降。当直升机稳稳地落到地面之后，亨特

对机舱里的矿工喊道:"各位,请你们先下飞机,我们已经联系了当地的警方,他们很快就会赶来的。"

这些矿工有些顾虑,他们好不容易才脱离虎口,都担心再次落入陷阱。幸亏那两个曾经帮助过红狮军团的矿工带头站了起来,其他人才跟随着他们陆陆续续地走出了直升机。当矿工们都从直升机上走下去后,亨特片刻不敢停留,驾驶这架直升机快速地升空,向莱特湾海域飞去。

蓝狼军团要到莱特湾海域将稀土交给买家,而这些稀土将成为制造洲际导弹的原材料。亨特之所以要驾驶直升机急匆匆地赶往莱特湾海域,就是要阻止这场交易。与亨特不同,当矿工们从布莱恩驾驶的直升机上下去之后,他并没有驾驶飞机和亨特飞往同一个方向,因为他们这一组有另一件重要的事情要去做——返回城市,取回核原料。

第二十二章

飞往莱特湾

亨特驾驶运输直升机已经飞至湛蓝的大海上空。亚历山大和朱莉向茫茫的海面望去，搜寻着蓝狼军团的踪迹。在海面上，他们只是偶尔能看到一艘出海捕鱼的渔船，却没有发现蓝狼军团的影子。

蓝狼军团肯定是吸取上次在陆地上交易的教训，所以这次才把交易地点放到了海上。这招果然够绝，因为莱特湾海域幅员广阔，即使是大型的军舰在如此广袤无垠的海域航行，都难以寻找它的踪迹，更别说一艘普通的轮船了。

不过，蓝狼军团用来交易的轮船必须足够大，而且要有可以停靠直升机的甲板。符合这个条件的在莱特湾海域航行的船只便不是很多了。即便是这样，如果光靠直升机从海面上空搜寻，也是非常耗费时间的。于是，亨特决定向指挥中心求援。

　　红狮军团指挥中心接到求援后,立刻命令卫星监控中心严密监视莱特湾海域,凡是看到符合条件的舰船,立刻向亨特汇报。红狮军团卫星监控中心租用了24颗各个国家发射的轨道卫星,几乎能够同时监控世界上的每个角落,及每时每刻发生的事情。他们立刻调控正在莱特湾海域上空的轨道卫星,加强严密的搜索。

　　卫星在高高的太空轨道,使用高分辨率的间谍设备,可以在几分钟,甚至几秒钟之内将莱特湾海域看个遍。在这一海域中航行的每一艘船只,都不会逃出它的"眼睛"。很快,卫星在这一海域监控到了几艘满足条件的舰船,在进一步缩小范围之后锁定了一艘甲板上停着直升机的大型渔船。红狮军团卫星监控中心将这艘渔船的坐标通报给了亨特。

　　"兄弟们,那艘船找到了。"亨特显然很兴奋,立刻调整直升机的航向,朝着那艘渔船的方位飞去。

　　那艘渔船很快进入了红狮军团的视线,从直升机上俯视下去,这艘船被伪装成了渔船的模样,但实际上却暗藏玄机。首先,普通的渔船很少有这么大的吨位;其

次,即使有这么大吨位的渔船,也不会将甲板改造成一个同时可以停放几架直升机的停机坪;另外,细心的朱莉发现这艘船表面看上去没有武器,但是在两侧的船舷位置都隐藏着可以升降的舰炮。这分明就是一艘伪装成渔船的军舰。

"做好战斗准备,我们马上降落。"

亨特已经驾驶直升机飞到了这艘船的上空。他看到甲板上除了蓝狼军团的那架武装直升机外,并没有人员守在那里,于是抓紧时间向甲板上降落。亨特驾驶的这架运输直升机比蓝狼军团的武装直升机要大好几倍,降落到甲板上的时候使船艄狠狠地向下沉了下去,然后整艘船开始在海面上颠簸起来。

船舱中,泰勒正在和买家进行交易。船突然晃动起来,使这些人站立不稳,他们急忙寻找可以扶靠的地方以防摔倒。买家已经吃过一次亏了,他们以为蓝狼军团又在耍花样。于是,纷纷亮出武器对准了泰勒、巴图和艾丽丝。

"别……别误会!"巴图摊开双手说,"我们绝对是

守信用的。没准是海上起了风浪,所以船才会晃动。"

泰勒也跟着说:"我出去看看,到底是怎么回事儿。"

上次在维多利亚码头负责交易的那个大胡子伸手拦住了泰勒,恶狠狠地说:"不用你出去。"他朝旁边的手下一甩头,两个年轻人手持冲锋枪朝舱外走去。

大胡子已经被上次的事情整惨了,这次他多了一个心眼,要把泰勒、巴图和艾丽丝牢牢地控制住,以防万一。被大胡子派出去的两个手下刚刚走出船舱就被惊呆了,他们明明记得甲板上只有一架直升机,可现在怎么又多了一架,而且还是一架大型运输直升机。

"不好,肯定有人来偷袭了。"其中一个人大喊了一声,拿起挂在胸前的哨子就要往嘴里放,他这是要发出警报。

躲在直升机后面的朱莉举枪射击,这颗子弹不差毫厘地击中了这个人的眉心。这个人的哨子刚刚放到嘴边,还没有吹响便一命呜呼了。

"哒哒哒——"

另一个人没有看清敌人在哪里,便慌乱地扣动扳机

射出了一连串子弹。

亚历山大端起他的野牛冲锋枪一阵猛烈地还击，子弹如雨点般射向这个人，将他的上半身射成了"筛子眼"。枪声传进了船舱之中，引发了一片混乱。里面的人互不信任，不知道到底是谁暗算了谁，一场混乱的海上激战即将展开。

莱特湾注定是一个不太平的海域，在第二次世界大战时期这里曾爆发过著名的"莱特湾"大海战。当时，交战国在此动用了航空母舰和海军航空兵，上演了一场海空大决战。

如今，一场看似渺小，但却决定着未来和平与战争的战斗正在打响。如果这些贵重的稀土落入恐怖分子的手中，成为制造洲际导弹的原材料，那么一场邪恶的攻击必定在所难免。随着恐怖分子的攻击，一场反恐战争，或者是一场以反恐为借口的战争也必然会爆发。如此推断，红狮军团这次的战斗行动意义重大。

在船舱内不明真相的大胡子命令手下将蓝狼军团的枪械缴下，同时派出十几个人拿着武器向外冲。这十几个人

还没冲出船舱，便看到几个冒着烟的东西被扔了进来。

"咳咳咳——"船舱里的人被呛得一阵咳嗽。

这十几个冲在前面的人毫无目标地朝船舱外连续开枪。亨特示意大家躲在船舱入口的两侧，守株待兔。

船舱里是相对密闭的空间，发烟手雷产生的烟雾久久不能散去。大胡子朝那十几个人大喊："快冲出去，杀出一条路来。"刚刚喊完，一大口浓烟便吸进了他的口中，呛得他好一阵咳嗽。

泰勒趁机将自己携带的防毒面具递给大胡子："兄弟，这次发动袭击的绝对不是我们的人，咱们要同仇敌忾。"

"这次不是，那你的意思是上次是你们了？"大胡子竟然抓住了泰勒的话柄。不过，他还是一把将泰勒手中的防毒面具抓过来，罩在了自己的头上。

泰勒简直被气晕了，喊道："上次也不是我们干的，都是那可恶的红狮军团总跟我们作对。"

"那我们的核原料呢？什么时候能找到？"大胡子隔着防毒面具问。

"我的队友已经找到线索了，现在他们正在赶往核原

料的藏匿地点。"泰勒顺口一说，目的是想让大胡子相信他。可是，他也没有想到，布鲁克真的已经得知核原料藏在了什么地方，此时的确在赶往那里。

"我就再相信你一回。"大胡子让手下把枪还给蓝狼军团，"咱们要想办法冲出去，把稀土带走。"

在船舱口，大胡子派出的那十几个人正在发动猛烈的冲击。为首的家伙异常狡猾，他要以其人之道还治其人之身。"兄弟们，扔手雷。"只听他大喊了一声，好几枚手雷便从船舱口扔了出来。

"轰轰轰！"

手雷在甲板上接连发生爆炸，四处横飞的弹片几乎覆盖了甲板的每一个角落。亨特和朱莉躲在障碍物的后面，幸免于弹片的袭击。而亚历山大就没那么好运了，他也躲在了障碍物的后面，只不过由于屁股太大，有半个屁股没有被挡住，所以弹片划破了他臀部肥厚的肉。

"敢炸老子屁股，我饶不了你们。"亚历山大发起狂来，八头牛也拉不住。他不管不顾地从障碍物后面跳出来，直接就往船舱里冲。

第二十三章 海上激战

"小心!"看到亚历山大鲁莽行动,亨特急忙大喊。

亚历山大像没听到一样,转眼间已经冲进船舱,迎面正好撞上那十来个敌人。他端起野牛冲锋枪,朝着这十来个人疯狂扫射,好几个敌人还没反应过来,就已经中弹倒地了。

亨特和朱莉怕亚历山大有危险急忙跟过来相助。亨特大喊一声:"闭眼!"同时,手中的一枚闪光手雷已经抛出了。

亚历山大非常熟悉亨特的战术,听到"闭眼"两个字后,第一时间将眼睛紧紧地闭上了。即使是闭上了眼睛,亨特还是能感觉到眼前有强光闪起。来不及闭上眼睛的敌人被强光晃了眼睛,暂时失明了。亨特和朱莉趁机冲了进去,毫不留情地将这几个冲在前面的敌人送上

了西天。大胡子见势不妙,赶紧命令手下:"快把这些箱子搬到快艇上去。"

原来在这艘大船的旁边有两艘早就准备好的快艇,大胡子可不想像上次那样把东西给弄没了,否则他的小命就难保了。一部分手下搬着箱子往船舱深处跑,因为那里有一个可以打开的暗门,可以直接登上快艇;大胡子的另一部分手下开枪射击,阻止红狮军团向船舱深处追击。

蓝狼军团可都是老滑头,他们才不会傻乎乎地为大胡子卖力呢!这三个人跟着大胡子一起向船舱深处逃去,巴图还假装说:"我们帮你保护稀土。"

大胡子的手下忠心耿耿,他们坚守在船舱中,依托船舱里的一些障碍物向红狮军团射击。亨特躲在一张桌子后面,子弹不停地打在桌子上,射出了一个个弹孔,令他心惊肉跳。

朱莉刚刚从障碍物的后面探出头,一颗子弹便向她飞来。子弹击中了朱莉的头盔,震得她脑袋嗡嗡作响。

她在胸前画了一个十字，感谢上帝的保佑。

亚历山大虽然屁股受了伤，但是战斗力丝毫未减，他的野牛冲锋枪在这样的战斗环境中也得到了充分的发挥。他突然站起身来朝着敌人的方向一阵猛烈地扫射。敌人被强猛的火力压制得抬不起头来，纷纷躲在障碍物后面等待着反击的时机。

亚历山大发射完一个弹夹的子弹，赶紧蹲下躲在了障碍物的后面。敌人见对方的射击停止了，便开始试探着把头探出来，准备还击。可是，他们哪里知道，这正中了红狮军团的"先压制，后诱敌"的战术。

刚才亚历山大的疯狂扫射，目的并不是要击中敌人，而是要把他们压制住。亨特和朱莉则利用这个间隙，转换了隐藏位置，将枪口对准了敌人隐藏的方向，只等着他们出现了。

这招果然见效，敌人的头刚刚露出来，亨特和朱莉便接连开枪。他们两个的枪法没得说，只在几秒钟的时间内便干掉了四五个不知死活的敌人。侥幸还活着的敌

人藏在障碍物的后面不敢露面了。亨特朝朱莉和亚历山大一挥手,三个人同时跳出来,一边射击,一边冲到了敌人隐藏的位置,将枪口顶到了他们的头上。

敌人见大势已去,只好举手投降。亨特带领朱莉和亚历山大赶紧向船舱深处追去,却发现船舱深处,在水位线之上有一扇打开的舱门。从舱门中向外望去,两艘快艇正冲出两道水线,在海面上疾驰而去。

"竟然让他们跑了!"

亚历山大看着两艘快艇即将消失在视线之中,急得挥起如锤的大拳狠狠地砸向船体。这一拳下去,他的手倒是没觉得有多疼,反而屁股上的伤口刺痛了一下。

"想跑,没那么容易!"亨特转身向甲板跑去,"跟我来!"

朱莉和亚历山大紧随其后,三个人跑到了甲板上。蓝狼军团的武装直升机还停在上面,亨特拉开舱门坐进了驾驶室。这架武装直升机飞行速度要比那架运输直升机快很多,并且武装直升机有很多挂载的武器,而运输

直升机则一般只有航炮,并不装备火箭弹和导弹。

武装直升机的螺旋桨快速转动起来,从甲板上垂直升起,像一只大蜻蜓似的朝着海面上即将消失的两个小黑点飞去。快艇的速度再快,也比不过直升机的速度,两个小黑点越来越大,已经可以清晰地分辨出船的轮廓了。

当亨特可以清楚地辨认出快艇上的人时,快艇上的人也发现了这架直升机。蓝狼军团驾驶的快艇在左,大胡子驾驶的快艇在右,几乎是齐头并进。狡猾的泰勒眼珠一转,对巴图和艾丽丝说:"咱们跟大胡子分道扬镳,红狮军团肯定会去追大胡子,咱们就可以轻松脱险了。"

巴图一脸坏笑:"没错,那些稀土在大胡子的船上,咱们已经按照约定完成了交易,以后的事情跟咱们无关了。"

见利忘义的蓝狼军团驾驶快艇突然在海面画了一道弧线,竟然掉转了航向,朝着与大胡子相反的方向疾驰而去。这样,正在空中驾驶直升机的红狮军团只能二者选其一了,而且百分之百选择追击大胡子的快艇。

泰勒果然够狡猾,当亨特看到两艘快艇背道而驰之后,他要做的第一件事情就是辨认哪一艘快艇是大胡子的,因为他知道稀土一定在大胡子的船上。

"继续向前开的那艘快艇是大胡子的。"朱莉通过望远镜看清了船上的人。

亨特毫不犹豫地驾驶武装直升机朝大胡子的快艇追去。距离直升机越来越远的蓝狼军团回头看去,喜悦之情洋溢于表,庆幸他们选择了一个正确的战术。

"让那个大胡子见鬼去吧!"巴图幸灾乐祸地说,"谁让他蠢到了极点,总把咱们当成敌人。"

大胡子发现武装直升机只朝着他们追,也醒悟过来了,暗骂蓝狼军团过河拆桥,不是东西。他把快艇的马力开到了最大,快艇在海面上跳跃着前进,如果插上一双翅膀都能飞起来了。

亨特驾驶武装直升机已经飞到了快艇的上空,他先在快艇的头顶上飞了一圈,以此来警告大胡子停下快艇。可是,大胡子不但没有停船,反而命令船上的两个手下

利用快艇上的高射机枪朝直升机射击。

亨特真是没有想到快艇上竟然还装备了高射机枪，吓得他赶紧把直升机拉高，飞到了高射机枪的射程之外。坐在射手位置的亚历山大沉不住气了，他叫喊着："别跟这帮家伙客气，干脆把他们的快艇打沉算了。"

"还是先教训他们一下吧，看看他们会不会投降。"亨特说。

亚历山大不情愿地按下了火箭弹的发射按钮，两枚火箭弹一前一后朝快艇射去。火箭弹并没有直接击中快艇，而是落在快艇附近的水里炸开了花。火箭弹的爆炸引起了水面的剧烈震动，快艇在高速行驶的状态下，差点儿被水浪掀翻。大胡子并没有投降的意思，他继续驾驶快艇没命地逃跑。亚历山大彻底被惹恼了，他没有请示亨特便自作主张地瞄准了快艇，再次按下了火箭弹的发射按钮，这一次他要将大胡子置于死地。

可奇怪的是，亚历山大等了半天也没见火箭弹从弹巢里发射出去，他这才发现弹巢里已经没有火箭弹了。

原来，蓝狼军团曾经用这架直升机追击过他们的越野车，当时已经把火箭弹差不多发射完了。

不过亚历山大并不担心，他冷笑了一声，自言自语道："看来我要动真家伙了。"亚历山大所说的真家伙就是武装直升机上挂载的两枚空地导弹。

空地导弹是从飞机上发射，专门用来对付地面目标的一种导弹，当然用来攻击这艘快艇也不在话下。不过发射空地导弹对直升机也有一个要求，那就是它必须悬停在空中。

"亨特，你把直升机停稳。"亚历山大一边说，一边开始通过红外瞄准具锁定快艇。

亨特将直升机稳稳地悬停在空中，这样亚历山大才能瞄准那艘快艇。亚历山大的手心有些发潮，因为其实他自己心里也没底，这是他第一次发射空地导弹。

"嗖——"在亚历山大按下导弹发射按钮之后，一枚空地导弹拉着长音向海面上的快艇飞去。

第二十四章

与时间赛跑

"头儿,导弹!"大胡子的手下看到导弹飞来吓得魂儿都没了,惊恐地大叫了一声。

这可怎么是好?大胡子也被吓得魂不附体了,他知道自己能躲过火箭弹,可绝躲不过导弹。

"快跳到海里去!"

保命要紧,大胡子也顾不得船上的稀土了,松开方向盘一下子跳到了海里。后面的两名手下,也扑通扑通地扎进了水中。

快艇在无人驾驶的状态下继续向前驶去,但是由于已经失去了动力,逐渐降低了速度。那枚导弹并没有像大胡子预想的那样击中快艇,甚至比火箭弹偏离得还要远。导弹在距离快艇十多米远的海面上爆炸了。

导弹没有击中快艇的原因很简单,因为亚历山大根本就没搞懂怎么控制这枚导弹,甚至给出了很多错误的

指令。不过,红狮军团却因为亚历山大的失误意外地获得了惊喜——大胡子和他的手下已经吓得跳入了海中,而那艘快艇则完好无损地停在了海面上。

"速降绳降到快艇上,把稀土拉上来。"亚历山大喜出望外。

亨特驾驶直升机悬停在快艇上方,一条粗粗的绳子从机舱中抛了下去。朱莉手腕的伤还没有完全好,不适合绳降,所以这活儿就落到了亚历山大的头上。他的屁股虽然隐隐作痛,但是并不碍事儿。只见他双手抓住绳子,两只脚也交叉着将绳子扣在里面,快速地滑到了快艇上。他把装有稀土的箱子用绳子捆住,向亨特做了一个手势,示意可以拉上去了。亨特按下上升按钮,绳子自动升起将箱子拉了上来。当亚历山大也回到直升机上后,亨特面带胜利的喜悦,驾驶直升机在莱特湾海域上空画出一条漂亮的半圆形弧线,凯旋了。

在海面上,大胡子和他的两个手下奋力地向那艘快艇游去。当他们精疲力竭地爬上快艇时,看到直升机已经变成了一个小鸟般的身形,即将消失在他们的

视线之中了。

亨特这一组已经成功地阻止了蓝狼军团的交易,将稀土运上了直升机。那么秦天、布莱恩和索菲亚现在的情况又怎么样了呢?

两个战斗小组分头行动之后,布莱恩驾驶其中的一架运输直升机全速向城市返回。他们在跟时间赛跑,跟蓝狼军团赛跑,要在最短的时间内将那个装有核原料的箱子从医院里拿回来。

蓝狼军团一刻也没有停止过对核原料的寻找,当泰勒、巴图和艾丽丝去稀土矿山执行任务的时候,布鲁克、美佳和凯瑟琳几乎找遍了城市中每一个可疑的地方,甚至他们再次来到了红狮军团在梧桐路135号的营地进行搜查。

在这个狼藉不堪的地方,他们对院子和屋子里每一个角落都进行了仔细的搜查,甚至动用了单兵便携式的探雷设备来进行检测。这种经过改装的探雷器,能够探测出深埋在地下的金属物质。探测器不止一次地响起过,但也一次次地让他们失望,因为探测到的无非是一些废

弃的金属物品。布鲁克甚至满怀希望地在院子里挖地三尺，但挖出来的却是一个铁疙瘩。

在费尽了一番周折之后，他们又想起了那家医院——金盾医院。他们确定红狮军团曾经把伤员送到过这里进行抢救，而情报的来源就是夏雪的同学——豹子。豹子怎么会为蓝狼军团做事情呢？这还要从他们被蓝狼军团抓走那次讲起。豹子、小胖和大头被蓝狼军团抓走之后，为了让蓝狼军团放了他们，豹子宣称自己的同学是红狮军团的朋友，以此来吓唬蓝狼军团。

在得知这三个高中生和红狮军团有这层关系之后，蓝狼军团便决定放了他们，不过这是一个阴谋。美佳擅长一种离奇的幻术，其实就是一种精神催眠法。她用这种幻术对豹子进行了精神控制。然后，蓝狼军团将三位高中生关在一间木屋里引诱红狮军团前来解救。后来，便发生了秦天、劳拉和布莱恩去救三位少年的事情。在救出三位少年后，秦天便觉得有一些奇怪，因为这次营救太简单了，好像蓝狼军团在故意放水。

紧接着，发生了一系列令人匪夷所思的事情，让红

狮军团对豹子产生了怀疑。当秦天抱着劳拉来到医院进行抢救的时候，夏雪曾经给他发了一条短信，这是他最后一次跟那几位高中生进行联系。这条短信其实也是豹子让夏雪发的，通过手机定位系统，他获得了秦天的地址并向蓝狼军团进行了报告。

现在，布鲁克正带领着美佳和凯瑟琳赶往金盾医院，他们确定红狮军团肯定会把装有核原料的箱子藏在那里。只不过，这次他们不会像以前那样拿着枪去威胁护士，而是要运用一些伎俩来骗取护士的信任。

时间对每个人都是公平的，就看谁的速度更快了。布莱恩已经驾驶运输机停到了红狮军团的预备营地，这架大块头的运输直升机是不可能停到城市的街区上的，否则一场骚乱在所难免。

三个人几乎是同时跳下直升机的，又差不多同时冲上了一辆停在院子里的越野车。秦天在三秒钟之内完成了启动汽车、挂挡、松离合、踩油门等一系列动作，汽车就像出膛的子弹一样被射了出去。

急速行驶的越野车发出了令人胆战的咆哮声，行驶

在马路上的汽车闻声而避,都怕被这辆狂野的汽车刮碰到。金盾医院距离红狮军团的预备营地有50千米的距离,他们要穿越城区街道,至少需要半小时。布莱恩不停地看着手表,秒针每走动一下,他的心脏就会跟着跳动一下,仿佛有一根无形的线已经把他的心脏和手表拴在了一起。

"索菲亚,你快给金盾医院急救中心的护士站打电话,找一位姓张的小护士,告诉她我们在二十分钟后赶到,千万不要把箱子交给任何人。"秦天焦急地说。

"金盾医院急救中心的电话是多少?"索菲亚问。

"我怎么知道?"秦天头也不回地说,"快打114查询啊!"

索菲亚赶紧拨打114查询金盾医院的电话,经过一番周折之后,她终于通过金盾医院的总机转到了急救中心的护士站。

"您好,您拨打的电话正在通话中,请您耐心等待。"

索菲亚听到这句语音提示后,气得差点儿把手机摔在地上。她深深地吸了一口气,尽量让自己平静下来,

耐心地等待着。

"您好,这里是金盾医院急救中心,请问有什么可以帮您吗?"电话里终于传来一个小女生温柔的声音。

索菲亚简直没有耐心把话听完,她急迫地问:"我找护士站一位姓张的小护士。"

"护士站就我一位姓张的护士,您不会是要找我吧?"电话里的声音很诧异。

"那就是找你了!"索菲亚开门见山,"还记得前几天有人放在你那里一个箱子吗?"

电话那头沉默了片刻,然后问:"你是谁?"

"我和那个放箱子的人是一起的,二十分钟后我们去取箱子。记住,在这期间千万不要把箱子交给任何人。"

"我怎么能确定,你和那个放箱子的人是一起的?"小护士问。

索菲亚把手机递给正在开车的秦天:"你跟小护士说句话,让她相信咱们。"

秦天对着电话说:"您好,还记得我吗?"

小护士马上听出了秦天的声音,兴奋地说:"记得,

记得！"

索菲亚没等秦天继续说话，便把手机拿了回来，问："这回你相信了吧？"

"我相信了。"电话那头的声音很干脆。

在金盾医院急救中心的护士站，那位姓张的小护士放下了电话。她从来没有遇到过这种事情，虽然刚才听出了秦天的声音，但脑子还是有点发蒙。

"小张，今天的住院记录写好了没有？"值班医生朝她大喊。

"马上就好！"姓张的小护士答应了一声，赶紧低头写了起来。繁忙的工作，让她没有时间去思考这个问题。

时间一分一秒地过去了，小护士回头看了看护士站墙上挂着的钟表。按照电话里所讲的，二十分钟马上就要过去了，可是打电话的人还没有来。小护士心里这样想着，但她刚刚把头转过来，便发现护士站前已经出现了三个人。

第二十五章

迟到一步

小护士见面前突然出现了三个人,吓了一跳,瞪着眼睛问:"你们找谁?"

"我们就找你!"最前面的一个女生说。

小护士听这个女生的声音有些耳熟,是不是刚才打电话的那个人呢?她一时也拿不准。

"你找我什么事情?"小护士问。

"我们来找你拿一个箱子。"那个女生说。

小护士也很机灵,接着问:"是什么箱子?谁放在这里的?"

"是一个很结实的金属箱子,几天前一个男生放在这里的。他委托我们来把箱子取走。"

小护士估算了一下时间,刚好和索菲亚给她打电话时说的时间相吻合。于是,她相信了这三个人,对他们说:"你们跟我来吧!"

三个人跟着小护士来到库房前。小护士从一大串钥匙中寻找到库房的钥匙刚要插进锁眼里，脑子里突然又冒出了一个疑问："刚才打电话的时候，你们不是在一起吗？他为什么不自己过来拿？"

小护士这句问话使这三个人听出了其中的信息，那就是还有另外几个人正在赶往这里，而小护士把他们当成了那几个人。时间紧迫，这三个人已经知道了箱子存放的位置，便没有心思和小护士啰唆了。其中一个男人从口袋里掏出一把手枪，悄悄地顶在小护士的身上，声音很小但却又充满狠毒地说："快把门打开，否则我就杀了你。"

小护士吓得手一抖，钥匙差点儿掉在地上，这才知道面前的三个人并不是秦天的朋友。这三个人当然不是秦天的朋友，而是敌人，他们就是布鲁克、美佳和凯瑟琳。他们乔装打扮来到医院，没想到几句话就问出了箱子的下落，这还多亏了索菲亚给小护士打的电话呢！

事情就是如此巧合！

看着小护士还在发抖，凯瑟琳一把夺过她手里的钥

匙，将门打开了。三个人把小护士推进库房里，很快便发现了那个放在架子上的箱子。美佳提起箱子，脸上露出久违的笑容，失而复得的喜悦难以言表。

"把她绑起来，关在这间屋里。"布鲁克一边说，一边掏出了一根早就准备好的绳子。凯瑟琳和布鲁克一起动手将小护士绑在物品架上，把她的嘴里也塞上了东西。

关上库房的门，三个人急匆匆地走进了电梯。红色的数字不断地跳动着，显示出电梯向下运行的楼层，13，12，11……

在这个电梯向下运行的过程中，旁边的一个电梯正在向上运行，红色的数字同样显示着楼层的变化，8，9，10……

向上运行的电梯在第十三层打开了，里面急匆匆地走出了三个人。走在最前面的正是秦天，他径直冲到了护士站，却没看到那位姓张的小护士。

"请问那位姓张的小护士去哪里了？"秦天问正在整理病例的一位老护士。

"今天找小张的人怎么这么多。"老护士抬头看了看

秦天,"她带着三个人去库房取东西了。"

听到这句话,秦天的脑袋嗡地响了一下,知道蓝狼军团已经捷足先登了。"快带我们去库房,张护士可能有危险。"秦天焦急地朝老护士大喊。

老护士不知道发生了什么事情,惊慌地站起来带领他们就往库房的方向跑。库房的门锁着,老护士掏出备用钥匙将门打开,一眼便看到了被绑在物品架上的小护士。

"这是出什么事儿了?"老护士大叫着,跑过去给姓张的小护士解开绳子。

索菲亚一把拔下塞在小护士嘴里的东西,问道:"箱子呢?"

"就在一两分钟前,箱子让两女一男抢走了。"小护士缓了好几口气才说出话来。

三个人二话不说,转身就往外跑。下行的电梯刚好在十三层打开,三个人冲进电梯,告诉电梯工中间楼层不要停留,直接下行到一层。电梯工很配合,拿出钥匙打开电梯门侧面的控制盒,直接按下了直达一层的开关。

当三个人冲出医院大楼的时候,看到一辆汽车正要驶出医院的大门口。保安拦住这辆车准备收取停车费。车窗落了下来,从里面伸出一只手将钱交到了保安的手里,秦天通过那辆车的后视镜正好看到了驾驶员的脸。

"快追,就是前面那辆车!"

秦天一眼便认出了那个人是蓝狼军团中的布鲁克。他们的车还停在医院后院的停车场,所以如果赶过去开车肯定是来不及了。于是,秦天和布莱恩撒开腿朝那辆汽车追去,而索菲亚则跑到后院去开车。

蓝狼军团的那辆轿车驶出医院的大门朝左转弯,这和秦天他们来时走的是同一条路。看到蓝狼军团的汽车开上了这条路,秦天暗自高兴,因为他知道这条路在前面的路口处出了一起交通事故,此时正在堵车。也正是因为这起交通事故造成的堵车,才使秦天他们比预计的时间晚到了几分钟,从而让蓝狼军团抢先了一步。

布莱恩和秦天在蓝狼军团的汽车后面紧追不舍。布鲁克通过后视镜看到后面有两个人在追着他们的汽车奔

跑，仔细一看原来是红狮军团的两名队员，于是他猛踩油门加快了速度。蓝狼军团的汽车在加速之后，几秒钟便将布莱恩和秦天抛在了百米开外。布莱恩和秦天并没有放弃，因为他们知道蓝狼军团的汽车肯定会在前面受阻。果然，布鲁克还没有开出一千米，便看到前面的汽车排成了长龙，在以龟速向前爬行着。

"嘟嘟嘟！"布鲁克疯狂地按着喇叭，希望前面的车给他让路。当时这条路水泄不通地堵了几百米，他再按喇叭也没有用。最令布鲁克生气的是，前面的汽车在尾部贴了一句标语：按喇叭也没用，有本事你飞过去！

在后视镜中，布鲁克看到秦天和布莱恩已经追上来了。他想向后倒车，然后掉头行驶，但是后面和侧面都已经堵满了车。无奈之下，他推开车门喊道："快下车！"美佳和凯瑟琳下车，提着箱子和布鲁克在车缝之间穿行，向前逃窜而去。

第二十六章

险中取胜

秦天和布莱恩见蓝狼军团已经弃车而逃,更加不顾一切地向前追来。秦天一边跑,还一边呼叫索菲亚:"你快开车绕路行驶,赶到凤凰大街拦截蓝狼军团。"

"明白!"

刚刚驶出医院大门的索菲亚听到秦天的呼叫,立刻向右转弯与秦天他们呈相反的方向开去。她要从前面的路口向右转,绕到蓝狼军团逃跑路线的前方去。

布鲁克和凯瑟琳跑得很快,但是提着重箱子的美佳却跑得很吃力。秦天的绰号可不是白给的,他当初入选特种部队的时候,在所有入选者中速度是最快的。

今天,秦天的速度优势派上用场了。他采取了与蓝狼军团不同的跑动方式,不是沿着车间的缝隙奔跑,而是跳到了车顶上,沿着一辆辆紧挨在一起的汽车追击。

这种追击方式，可以让秦天甩开膀子，调动全身的每一块肌肉，提高跑动的速度。

在车缝间逃跑的蓝狼军团缩手缩脚，速度受到了很大限制。布鲁克见秦天马上就要追到美佳了，急忙掏出手枪朝秦天射击。秦天为了躲避布鲁克的射击，从车顶上翻滚下来，同时举起手枪还击。在交通堵塞的街道上发生了枪战，令汽车里的人惊慌失措，纷纷将车窗关闭，躲在车里不敢轻举妄动。

"快把箱子给我。"

布鲁克见美佳已经累得上气不接下气了，便朝她大喊。

这个箱子有十多千克重，提着他奔跑的确很消耗体力。美佳举起箱子朝前面的布鲁克扔去。箱子扔偏了，砸在旁边的一辆小轿车上，机头盖被砸出一个大坑。汽车的主人也不敢出来理论，吓得把头藏在车里。

布鲁克抓起箱子继续向前跑去。美佳和凯瑟琳则躲在汽车之间，朝秦天和布莱恩射击。枪声在街上响起，

子弹打中一辆辆汽车,穿出一个个弹孔。秦天和布莱恩被两个家伙拖住,一时间无法摆脱她们,追上拿着箱子的布鲁克。再往前不足百米,就要通过拥堵的路段了。秦天看着布鲁克提着箱子就要从堵塞的"停车场"中跑出去了,心中万分火急。他朝布莱恩大喊:"咱们从两侧绕过去。"

布莱恩听到喊声,弯下身子,利用汽车的掩护从侧面绕过去。秦天也采用同样的动作,准备从另一侧绕过去。可是,没有想到美佳和凯瑟琳分头朝两侧围堵过来,想尽办法阻挠他们的追击。布莱恩和秦天一边还击,一边追赶,好长时间都没有向前移动多少距离。

此时,布鲁克已经提着箱子跑出了拥堵的路段。他回头得意地朝秦天和布莱恩一笑,似乎在炫耀自己才是最后的胜利者。经过了拥堵的路段之后,布鲁克只要随便拦下一辆车,就可以带着箱子逃走了。

美佳和凯瑟琳见布鲁克已经成功脱险,便无心恋战,朝两侧跑去。布莱恩和秦天自然没有心思去追美佳和凯

瑟琳，因为他们的任务是要拿到那个装有核原料的箱子。秦天和布莱恩拼命地朝布鲁克追去，但是他们看到布鲁克已经拦住了一辆汽车。秦天暗暗地痛骂自己，只是慢了一步就让蓝狼军团拿走了箱子，又是慢了一步才让布鲁克坐车逃跑了。

就在秦天和布莱恩接近绝望之际，突然一辆汽车从侧面的路口冲出来，径直朝布鲁克撞去。布鲁克不愧是特种兵出身，反应迅速，向上跃起跳到了冲过来的汽车的车头上。这辆汽车猛地刹车，布鲁克被弹出几米远，虽然保住了性命，但是已经躺在地上不能动弹了。

布莱恩和秦天跑到了布鲁克拦下的那辆汽车旁，将他还没有放进汽车的箱子从地上提了起来。两个人快速地进入了刚才撞倒布鲁克的那辆汽车里。

"索菲亚，你出现得太及时了。"布莱恩朝索菲亚竖起了大拇指。索菲亚的嘴角向上一扬，什么也没说，一踩油门驾驶汽车疾驰而去。

三十分钟后，他们回到了红狮军团的预备营地。刚

刚提着箱子从车上走下来,便听到头顶有轰鸣声传来。秦天抬头一看,一架武装直升机正朝这边飞来,并开始慢慢地下降高度。

"快藏起来!"秦天喊了一声,提着箱子躲到了附近的树墙后面。

布莱恩和索菲亚也是心惊肉跳,没想到蓝狼军团这么快就追了过来,而且还驾驶着武装直升机。直升机果然是朝红狮军团营地飞来的,它就降落在三个人隐藏地点附近,螺旋桨转动的风将树墙吹得摇摇晃晃。三个人躲在暗处,举起枪,准备对走下飞机的敌人进行攻击。但是,当机舱门打开后,他们都不由得露出了笑容。

"亨特!"索菲亚像一只兔子一样跳着朝亨特跑过去,兴奋地搂住了他的脖子。

"任务完成得怎么样?"双方一见面,几乎同时问了同一个问题。

"搞定!"双方又几乎同时说出了相同的回答。

六个人兴奋地抱在一起,欢呼雀跃,他们再一次齐

心协力地摧毁了蓝狼军团的邪恶交易。秦天将那个装有核原料的箱子装进了直升机。他们要把稀土和核原料一起运往红狮军团总部，交由他们处理。

两周后，在红狮军团后勤医院，秦天去探望了两个人。一个是劳拉，她已经脱离了危险，但是还需要很长一段时间的休养。秦天给劳拉讲了他们的战斗故事，劳拉很遗憾自己没能参加这次意义重大的任务。

秦天探望的第二个人是豹子。他被蓝狼军团的美佳实施了精神催眠术，所以在经过学校的同意后，由夏雪陪同，他也被送到了这里进行治疗。经过红狮军团后勤医院精神科医生的治疗，豹子已经完全康复了。他又变成了那个毛毛躁躁，点火就着的少年。经过这件事情之后，豹子更加坚定了自己要成为一名特种兵的理想。